Kolofon

”Di ångermanländska XV – Hjärnsvamp och andra skrönor”

ISBN: 978-91-86915-79-7

Utgiven av:

”jag behöver inget förlag”
c/o Mathias Jansson
Tvärvägen 23
232 52 Åkarp
http://mathiasjansson72.blogspot.se/

Tryckt: Lulu.com

Innehåll

Hjärnsvamp

Hilbert hade efter frukosten tagit sin vanliga morgonpromenad och strövat längs skogsstigarna som omgav den bromanska herrgården. Det var en återkommande morgonritual för att ordna tankarna inför dagens projekt och utmaningar. Även om han var ekonomiskt oberoende för all framtid genom arvet efter hans far hade han behållit en deltidsanställda vid universitetet och ägnade sig åt lite forskning och handledning av doktorander. Han brukade under sina morgonpromenader bland annat fundera på olika vetenskapliga artiklar han tänkte skriva, men idag var det en helt annan sak som ockuperade hans hjärna, nämligen svamp, hjärnsvamp för att vara mer specifik. Passande nog var det höst ute, träden stod i färggrann skrud, marken var våt och stigen lerig, och i den fuktiga mossan tittade höstens fruktkroppar fram med sina stora hattar.

Kvällen innan hade Hilbert besökt det hemliga biblioteket och bekantat sig med några av de märkliga föremål och böcker som hans släkt hade samlat på sig under seklerna. Det var en liten obetydlig träask som hade fångat hans intresse och som hade lett till dagens grubblande om hjärnsvamp. I asken låg nämligen en torkad bit av en svamp, tillsammans med ett gulnat tidningsurklipp och ett gammalt handskrivet brev. Tidningsartikeln var hämtad från en tysk medicinsk tidskrift från 1960-talet och skriven av Dr Günther Schwartzberg. Den handlade om Sankt Stefan en munk som levde i ett österrikiskt kloster under 1500-talet. Som novis hade Stefan drabbats av återkommande anfall med huvudvärk och hallucinationer. Till en början trodde man att det rörde sig om gudomliga uppenbarelser, men efter ett tag började abboten misstänka att Stefan var besatt av en demon. Anfallen blev allt värre och Stefan tvingades till slut tillbringa hela sin tid i sin klostercell, liggande på sin brist med outhärdliga smärtor och märkliga hallucinationer. De andra munkarna började frukta för hans liv.

En dag kom en vandrare till klostret och bad om mat och tak över huvudet. Medan mannen satt och åt hörde han fruktansvärda skrik som ekade genom korridorerna och undrade vem det var som skrek så förskräckligt. Abboten förklarade att en av munkarna var besatt av en demon och man fruktade att han inte hade långt kvar att leva. Alla böner och dekokter som man hade försökt med hade varit förgäves. Vandraren bad då att få se den drabbade. När han klev in i Stefans cell möttes han av en fruktansvärd syn. Den unga novisen låg i fosterställning, hela kroppen krampade, hans ögon utstrålade skräck och han skrek oavbrutet av smärta. Vandraren gick närmare sängen och la sin kalla hand på Stefans febriga och svettiga huvud och nickade för sig själv.

-Stackare, jag ska snart hjälpa dig, sa vandraren.
-Tror du att du kan hjälpa honom? frågade abboten tveksamt.
-Ja, men det kommer inte att bli lätt. Demonen har bitit sig fast djup ner i hans hjärna. Det enda sättet är att göra ett hål och försöka locka ut den. Hämta en stabil stol, några starka läderremmar och de starkaste män du kan uppbringa.

Abboten var desperat och ville till varje pris rädda sin novis och gjorde därför som han blev tillsagd av den märkliga vandraren och snart hade man placerat Stefan i stolen och med stor svårighet lyckats surra fast hans armar, ben och bål i stolen. Stefan skakade fortfarande och kastade våldsamt med huvudet.

-Såja, sa vandraren, det här hjälper lite och så tog han upp en liten flaska med en grumlig dryck som han med fast hand tvingade ner i Stefans gap. Efter några minuter minskade skakningarna och patienten blev lugnare och dåsigare. -Nu kan vi börja, sa vandraren lugnt. Ur sin kappsäck plockade han fram en borr och en mycket liten såg. Två starka män fixerade patientens huvud och vandraren satte sedan borren mot skallbenet och började långsamt borra genom skallen. Han upprepade proceduren tills han hade borrat fyra hål i en kvadrat på 5×5 cm. När han var klar med hålen tog han upp sin lilla såg och började lugnt och metodiskt att såga genom skallbenet mellan hålen. Slutligen lyfte han upp det utsågade skallbenet och frilade hjärnan.

-Nu har vi skapat en utgång för det onda, nu måste vi bara locka ut det också. Ur en liten läderpåse tog vandraren upp en liten torr skiva som såg ut som en svamp och smulade ner den i den blottade hjärnan. Sedan täckte han över öppningen i hjässan med en ren linnetrasa som han fäste runt huvudet. -Nu är det upp till Gud, förklarade vandraren.

-Vad var det som ni strödde i såret? frågade abboten misstänksamt.

-Det är en svamp som växer högt uppe i alperna. Den brukar av lokalborna kallas Djävulens lockrop då den växer tillsammans med andra ätliga svampar och ser ut som dem, men den är extremt dödlig. Den som äter den dör en plågsam och snabb död, något botemedel finns inte. Men precis som den är extremt giftig att förtära har den också en förmåga att dra till sig det onda och rätt använd har den goda effekter mot besatthet och galenskap. Svampen kommer att slå rot och växa i hjärnan och samtidigt suga upp det onda och med tiden befria er novis från demonens inverkan, men ett varningens ord. När svampen väl har fått fäste i hjärnan då får den inte avlägsnas, det kan leda till omedelbar död. Så länge den fortsätter att suga ut det onda kommer han att leva.

Dr Günther Schwartzberg hade efter att han återberättat historien om Sankt Stefan förklarat att baserat på de symptom som beskrevs i legenden så hade troligen Sankt Stefan drabbats av en hjärntumör. Genom trepanering hade den okända vandraren lättat på trycket som tumören orsakade. Legenden fortsätter att berätta att Stefan under några dagar svävade mellan liv och död, men efter en vecka började hans tillstånd stabilisera sig, samtidigt som man kunde se hur en liten svamp började växa ur hans skalle. Under den närmaste månaden växte sig svampen sig allt större och Stefan blev snart helt återställd och kunde fortsätta sina studier och sin prövotid för att slutligen bli upptagen i klosterorden.

Dr Günther Schwartzberg förklarade i artikeln att det finns vissa svampar som innehåller toxiner som påminner om de cellgifter som man idag använder vid behandling av cancertumörer och som kan verka hämmande på tumören och få dem att krympa. Förmodligen var det en sådan svamp som Sankt Stefan blev behandlad med och som gjorde att tumören minskade i storlek och anfallen slutade. Att en svamp skulle börja växa i någons hjärna och helt tar död på tumören ansåg Schwartzberg som en del av mytbildningen kring Sankt Stefans helgonhistoria, han betraktas som bekant som beskyddare av vandrare och svampplockare. Legenden avslutas med att berätta att Sankt Stefan blev en mycket vis och from munk och med tiden även abbot för klostret.

På sin ålders höst verkar Sankt Stefan ha fått ett återfall i sin sjukdom och började hallucinera igen och blev besatt av något som han refererade till som de sju sjungande skuggorna som talade till honom om märkliga saker och visade honom fruktansvärda visioner om framtiden. Hans visioner finns nedtecknade i verket "Dialogus septem cantus obumbratio".

Efter Sankt Stefans död tog man hand om svampen som växt på hans huvud och som med tiden hade blivit stor som en hatt och förvarade den som en relik i klostrets kapell dit många pilgrimer än idag vallfärdar för att söka skydd mot faror på sin vandring och att av misstag äta förgiftad svamp under resan. Den utklippta artikeln i lådan var illustrerad med två träsnitt från 1600-talet föreställande Sankt Stefan som studerande novis med en liten svamp på hjässan och ett på ålderns höst då svampen växt ut till en stor hatt på hjässan.

Brevet i sin tur, var skört av ålder, skrivet på latin och daterat 1635 i Pisa. Skribenten var botanisten Luca Salpino och adresserat till Hindrich Bromaneus. I brevet stod det: "Kära vän. Jag har äntligen lyckats få tag i en liten bit av den heliga svampen från Sankt Stefans huvud som du bad mig om. Efter några misslyckade försök har jag till slut lyckats driva fram några svampar i den botaniska trädgårdens fuktiga källare. Efter att först ha förvällt svampen för att dra ut gifterna, torkade jag den och malde sedan ner den och gjorde av pulvret en dekokt som du föreslog. Jag provade drycken för några veckor sedan. De drömmar som jag fick uppleva var fruktansvärda, de var så verklighetstrogna och påminde mycket om det som jag läst om i Sankt Stefans skildringar "Dialogus septem cantus obumbratio". Men jag drömde också mycket märkligt om de sju stenarna som ej omtalas där. Dina misstankar att svampen inte bara sugit ut demonen utan även minnen och drömmar ur Sankt Stefans hjärna verkar stämma.

Den som förtär svampen kommer att få uppleva samma drömmar och visioner som helgonet själv. Jag bifogar en svamp så du själv kan odla fram fler exemplar och framställa dekokten, men jag varnar dig min vän, efter den hemska natten tog det mig flera veckor att återhämta mig vilket gjort att mitt brev med mina upptäckter dröjt så länge. Jag är fortfarande omskakad djupt i själen av vad jag upplevde den natten. Jag tror inte Sankt Stefans visioner är tänkta för de dödliga. Var försiktig. Din vän Luca Salpino."

Det som Hilbert gick och grubblade på där i den svaga höstsolen var om han skulle försöka att odla fram några svampar själv utifrån svampen han hade hittat i det hemliga biblioteket. Han insåg att idéen var galen, jag kanske rent av livsfarlig, men han kände hur hans nyfikenhet att veta mer om de sju stenarna och hur hans släkt hörde ihop med dem, var starkare än förnuftets röst. När han såg den bromanska herrgården igen mellan träden hade han bestämt sig. Han skulle börja odla svamp för att försöka tränga djupare ner i den mörka myllan som omgav hans släkt.

Att ta ut skrivriktningen

Bredvid Hilbert på köksbordet låg några gulnade utklipp från tidningen Nya Norrland som han hade hittat i arkivskåpet med Hubertus Bromans folklivsarkiv. Den första rubriken löd "Bygger pyramid av ved". Artikeln var illustrerad med ett svartvitt foto av en skäggig man med en yxa i handen och bredvid mannen stod en liten pojke med några vedklabbar i famnen och log. Bakom dem reste sig en enorm pyramid av staplad ved som nästan nådde upp till grantopparna. Under bilden kunde man läsa: "Gustav Holmdal från Norrtjärn får hjälp av sonen Yngve att stapla veden." Medan Hilbert drack sitt morgonkaffe började han läsa artikeln.

Gustav Holmdal håller på att bygga en pyramid av ved i skogarna kring Norrtjärn. Han får hjälp av sonen Yngve som hjälper till att stapla veden. Idén fick Gustav när han i unga år läste i Nordisk familjebok om de gamla faraonerna som begravde sin härskare i stora stenpyramider.

-Jag tänkte att en sådan pyramid vill jag också bli begravd i när jag dör. Men det är ont om sten i Norrtjärn, men det finns mycket skog. Så jag tänkte jag kunde bygga en pyramid av ved istället berättar Gustav.

Gustav har hållit på i över 30 år med sin pyramid. Under årets alla dagar har han i regn, rusk och gassande solsken stått och huggit ved. Många kubik har det blivit med åren. Veden har staplats till en stor pyramid och mitt i pyramiden finns en gravkammare där Gustav planerar att hans kista ska stå efter hans död. De senaste åren har han haft hjälp av sonen Yngve som vigt klättrar upp på den höga pyramiden med vedklabbarna som han sedan staplar skickligt.

-Ja, sonen har jag haft stor nytta av. Knäna är inte som de var längre, så det är skönt med en ungdom som kan klättra upp med klabbarna, sedan är han liten och vig och kan krypa in i gravkammaren med klabbarna.

När Gustav är klar med pyramiden planerar han att inreda gravkammaren med olika träskulpturer och måla kammaren med falurödfärg så att det känns som hemma. Men yxan tänker han inte ta med sig i graven utan den tänker han ge till sin son som tack för hjälpen.

-Nej, yxan får vara kvar. Jag har huggit ved så det räcker i det här livet. I livet efter ska jag bara ta det lugnt och sitta och njuta vid brasan. Ved kommer jag ju ha gått om avslutar Gustav innan han höjer yxan för att klyva ännu ett vedträ för att foga in i den stora vedpyramiden som reser sig i skogen kring Norrtjärn.

Hilbert såg upp från artikeln. Han undrade vad som hade hänt med Gustav Holmdals pyramid av ved. Han hade aldrig hört talas om den. Fanns den fortfarande kvar i skogarna kring Norrtjärn eller vad hade hänt med den? Han funderar på om han skulle fråga sin gamla vän Nikko Hirvenpää nästa gång de träffades. Han kanske visste mer.

Hilbert tog upp den andra artikeln från köksbordet. Rubriken löd "Axel Skoglund tar ut en ny skrivriktning". Artikeln var skriven av kulturredaktör Arne Skog och inleddes med texten:

För ett par år sedan drabbades författaren Axel Skoglund av en tragisk olycka. Han fick en allvarlig infektion i armen vilket ledde till att man fick amputera hans högra arm. Efter händelsen blev Skoglund nedstämd och tappade under ett tag lusten att skriva. Axel beskriver det som om han tappade riktningen i livet. Av en händelse råkade han passera Gösta Nordins lada i Styrnäs och bland all bråten hittade han ett gammalt skrivset i marmor med en örn i brons, ett bläckhorn och en kompass. Axel köpte av en ingivelse skrivsetet och ställde det sedan på sitt skrivbord. När han sedan satte sig vid skrivbordet kände han att lusten att skriva kom tillbaka. Det var som om kompassen visade honom i vilken riktning han skulle skriva.

-Ja skrivsetet fick mig att återupptäcka mitt skrivande igen och det märkliga är att om jag tar och flyttar på skrivsetet och kompassnålen pekar i en annan riktning, då förändras mitt sätt att skriva. Jag har flyttat skrivsetet till olika platser i huset och även haft med det på resor och provat att skriva på andra platser och varje gång har mitt sätt att skriva förändrats. Pekar kompassnålen åt söder, ja då blir det mer spännande berättelser, men pekar den åt norr, då blir det mer sentimentalt och sorgset, och åt väster då skriver jag mer humoristiskt och glatt, men åt öster då blir det mer neutrala faktatexter.

Man undrar då vilken skrivriktning som Axel har haft i hans senaste självbiografiska roman ”En arm kort” som handlar om en ung författare som söker efter sin egen unika författarröst.

-Det tog ett tag att hitta den bästa skrivriktningen för romanen. Jag provade många väderstreck innan jag bestämde mig, men romanen är skriven i västsydväst berättar Axel.

I nästa skrivprojekt berättar Axel att han tänker prova något helt nytt och mycket mer experimentellt.

-Ja, jag tänkte på att om man använder sig av magneter så kan man få kompassnålen att snurrar runt utan någon bestämd riktning och jag funderar på att skriva en roman som inte har någon bestämd skrivriktning utan är så att säga är en 360 graders roman. Vi får se vart vi hamnar. Det tar ett tag att vänja sig vid alla nya skrivintryck som man får när kompassnålen bara snurrar runt hela tiden, men jag börjar så smått att lära mig att skriva med 360 graders perspektiv.

Hilbert lade ner artikeln på köksbordet och tänkte att han måste leta reda på romanen som Axel Skoglund skrev med 360 graders perspektiv. Det verkade som en annorlunda och spännande roman. Hilbert plockade upp den sista artikeln i högen. Rubriken löd "Björn körde timmerbil i diket" och på ett fotografi kunde man se en timmerbil som hade kört ner i diket och nästan vält.

På kvällen den 22 augusti påträffades en timmerbil i diket vid Herrsjövägen några kilometer innan Bollsta. Polis tillkallades direkt, men om poliskommissarie Evert Näslund blev mest förvånad eller skräckslagen när han kom till olycksplatsen och öppnade hyttdörren till timmerbilen och fann en livs levande björn vid ratten förtäljer inte historien. Det rapporteras dock att björnen var klädd i keps och läderväst och rymde till skogs så fort dörren öppnades. I hytten återfanns även en berusad och sovande person som är väl känd av polisen. När den berusade föraren hade nyktrat till i fyllecellen och kunde förhöras dagen efter framgick det att han hade låtit björnen köra då björnen var van att köra och brukade göra det när han kände sig trött efter att ha jobbat hela dagen i skogen. Hur björnen kunnat köra i diket kunde inte den omhändertagne förstå, då björnen var en duktig förare. Kanske var det något tekniskt fel på lastbilen?

Vid husrannsakan hos den anklagade hittades björnen sovande i en säng inne i huset och i köket fann polisen en levande bäver klädd i kjol och en räv med stickad tröja och toppluva. Vid ytterligare förhör framgick det att det var föräldralösa djur som den anklagade tagit hand om och uppfostrat och som han nu betraktade som sin familj, de var alla skötsamma och laglydiga djur hävdade den anklagade. Bävern var duktig på att stampa takten när den anklagade spelade dragspel och räven kunde spela kort, även om han var en luring och fuskade ibland.

Polisen meddelar att den anklagade kommer att ställas inför rätta i Härnösand för vårdslöst och onyktert framförande av fordon och även åtalas för brott mot djurskyddslagen när det gäller hållande av vilda djur som husdjur. De omhändertagna djuren kommer troligen att överföras till en djurpark inom kort, berättar poliskommissarie Evert Näslund.

Hilbert lade ner artikeln på bordet och fyllde kaffekoppen med en påtår. Han drack långsamt sitt kaffe medan han stirrade ut genom köksfönstret och funderade på de märkliga tidningsartiklarna han nyss hade läst.

Basta ikapp med bockfot

Nikko Hirvenpää hade kommit förbi vid lunchtid för att fira nyår med sin vän Hilbert. Med sig hade han en flaska med päronkonjak som han hade hittat när han städade ur jordkällaren.

-Jag hittade två flaskor när jag städade, de låg längst inne på hyllan, bakom några gamla mögliga burkar med lingonsylt. Och eftersom det är nyår så tänkte jag att du kunde få den ena. Det är nog de två sista flaskorna från Mäsk-Olles konjaksträd kan jag tänka mig, så drick det med andakt.

Nikko slog sig ner i soffan och sträckte sig efter kaffekoppen.

-Det verkar bli en fin och klar natt, konstaterade han och såg ut genom fönstret.

-Ja och kallt. Prognosen säger att det kan bli ner mot minus 30 grader i natt, inflikade Hilbert och huttrade till.

-Kylan har jag inga problem med som du vet. Inte farsgubben heller. Han gillade både kyla och hetta som alla andra i den hirvenpääiska släkten. Har jag förresten berättat om när farsgubben bastade i kapp med självaste Bockfot?

-Nej, den historien har jag nog inte hört tidigare, svarade Hilbert och lutade sig tillbaka i fåtöljen med vetskap om att få ta del av ännu en fascinerande skröna från Nikko.

– Jo, farsgubben gillade verkligen att basta och han tog sig gärna en sup när han bastade, av eget märke om du förstår vad jag menar, så den här berättelsen får man nog ta med nypa salt. Det var nyårsafton och det var kallt. Minst minus 40 grader. Farsgubben hade i vanlig ordning eldat på bastun för att ta sig ett traditionsenligt bastubad, för han var av den åsikten att man skulle gå ren och syndfri in i det nya året och då måste man basta ordentligt för att få ur sig årets alla synder och driva ut det onda. Han hade nyss satt på bastun så det skulle ta några timmar innan det blev riktigt hett. Vi brukar elda på bra i vår bastu som du vet. Ja, bastun byggs efter en väl bevarad familjehemlighet, men så mycket kan jag säga att själva kaminen är från 1600-talet och gjuten i Uleåborg av den berömda smeden Seppo Ilmarinen. Bättre och varmare kamin går inte att få tag i. Precis när farsgubben hade lagt in några rejäla björkklabbar yttrade han de nu berömda orden: "Jag slår vad om att inte ens i helvetet blir det lika varmt som i den hirvenpääiska bastun."

Precis när han hade yttrat orden öppnades bastudörren och in genom dörren kliver en elegant herre klädd i björnkappa.
-Så det säger herr Hirvenpää att han tror att bastun blir varmare än i helvetet, sa herren och såg med intensiv finurlig blick på farsan.

-Farsgubben förstod att något inte stod rätt till här, för inte kommer det fint främmande till Getberget på nyårsafton och när han synade mannen noga så upptäckte han att han hade bockfötter och förstod hur det låg till. Han borde som varje vettig karl ha korsat sig och åkallat de goda krafterna för att förvisa Hin Håle tillbaka dit han kom från, men det var kanske spriten som gav honom modet eller övermodet att svara så karskt: – Ja det är jag säker på. Inte ens skärseldens disponent skulle klara av att bastu som en Hirvenpää.

-Ni verkar säker på er sak. Törst ni ingå ett vad i frågan? Om ni står ut i helvetets eldar en timme så ska jag gärna göra er sällskap i bastun herr Hirvenpää. Om jag vinner vadet så vet du mitt pris, men frågan är vad ni önskar om ni mot förmodan skulle vinna.

-Jag ska inte vara girig. Det räcker om jag får björnkappan, den ser fin och varm ut. Jag fryser aldrig själv, men ibland kommer det lättfrusna på besök och då kunde det vara bra att kunna erbjuda något värmande att ta på sig, svarade farsan självsäkert.

-Då skakar vi hand på det herr Hirvenpää och så beger vi oss neråt till mig en stund.

Knappt hade farsan skakat tass med djävulen innan han stod mitt i helvetet. Runt omkring honom brann skärseldarna med skarpa och varma lågor och skriken av de fördömda fyllde hans öron.

-Nå herr Hirvenpää vad tycker ni om värmen? undrade djävulen.

– Det är kvavt här nere. Luften är inget vidare, men någon riktig värme är det inte, konstaterade farsgubben.

-Vänta bara herr Hirvenpää tills vi kommer till den stora ugnen, sa bockfot. Efter en liten promenad nådde de fram till en gigantisk masugn. Nå vad tycker herr Hirvenpää nu om värmen undrade Hin Håle då de stod framför den stora ugnen där hundratals stackars själar slet med att skyffla kol in i den helvetiska elden.

– Ja nu börjar det fläkta lite varmare. Som en vårvind skulle jag säga. Men någon bastuvärme är det inte tal om.

-Inte!? Skyffla mer kol i ugnen era latmaskar! skrek Djävulen och manade sina underdjävlar att piska på de stackars själarna så de skulle skyffla ännu mer kol i ugnen. Snart började hela ugnen att glöda av värme.

-Det tar sig sa farsan, nu känns det som en ljum sommardag. Men vänta så ska jag hjälpa till, mer värme borde man kunna få ut ur den gamla ugnen. Och så slet farsan skyffeln ur en stackars sates händer och började skyffla kol för glatta livet och snart började ugnen lysa som en sol och började bågna på ett oroväckande sätt av värmen.

-Sluta skrek djävulen förskräckt, det räcker ugnen spricker! Jag har sett nog, nu är det er tur herr Hirvenpää och visa vad er bastu går för. Och vips stod de bägge herrarna utanför bastun igen. Under farsans frånvaro hade bastun börjat få upp värmen. Det var hett så plåttaket glödde och väggarna ångade av värme. En vägg av värme mötte dem när de gick in i bastun. Djävulen strök svetten ur pannan och sa vänligt. – Jag får väl ta av mig björnkappan det passar inte riktigt att sitta med kappan på i en bastu.

-Det stämmer, svarade farsan. Helst ska man vara naken som Gud fader skapade en, men för artighetens skull, när vi inte är så bekanta med varandra så behåller jag underställlet på. Men nu tror jag vi får börja elda på, så vi inte sitter och fryser. Och så matade farsan på med flera stora björkklabbar i kaminen. - Men inte ska skam sitta längst ner på laven i draget. Det finns plats här uppe i hörnet. Här är det lite varmare, sa farsan. Djävulen kröp tveksamt längst upp på laven med svettdropparna som trängde ut ur skinnet.

-Nu ska vi ha något att dricka så farsan och tog en sup ur flaskan, och så stämde han upp en gammal finsk bastusång medan han taktfast kastade in stora björkklabbar i kaminen. Sången går i översättning något så här sa Hirvenpää och började sjunga med skrovlig stämma:

Elda, elda, elda
så det bli varmt och skönt
elda, elda, elda
så det blir hett och skönt
elda, elda, elda
av bara helvete
tills kaminen glöder röd
då tar vi oss en sup till
och så eldar vi på mera.

Under tiden steg värmen till det extrema i bastun och bockfot började skruva på sig medan svetten rann i pannan. Till slut stod han inte ut utan utbrast. -Helvete vad varmt det är. Jag måste ut. Och så sprang djävulen ut i kylan med svansen mellan benen.

-Nej du, så här varmt och gott har du det inte i helvetet skrattade farsgubben efter bockfot. Så varmt är det bara i den hirvenpääiska bastun konstaterade farsan och bastade på ett bra tag till, nöjd över att vunnit vadet med fan själv. Björnkappan som bockfot lämnade kvar, det är den som hänger där hemma i farstun som du fått låna ibland när kylan blivit för hård för dig din stackare.

– Ja, det är en ovanligt varm kappa. Det ska erkännas. Nej, en sådan fantastisk nyårskröna kräver ett glas päronkonjak tycker jag. Vänta så ska jag bara plocka fram två glas ur skåpet, sa Hilbert och försvann ut i köket. Snart satt de bägge herrarna framför brasan med var sitt konjaksglas och njöt av den sällsynta päronkonjaken som hade sin alldeles egna otroliga historia.

Håkan

Hilbert var varm efter bastun. Han stod och tittade på det klarblå vattnet i grottan och tänkte just hoppa i för att svalka sig när han plötsligt fick se en välbekant siluett under ytan. Först trodde han att han såg i syne, men efter sina många resor i Stilla Havet satt siluetten som fastetsad i ryggraden. Utan att han kunde hejda sig skrek han reflexmässigt rakt ut: -Shark! Shark! så ljudet ekade mellan grottans väggar.

-Så du har haft turen att träffa Håkan? Det var Nikko som hade kommit ut från bastun och nu stod bredvid Hilbert och tittade på hur hajsiluetten försvann ner i de underjordiska mörka grottorna på andra sidan.

Hilbert vände sig förvånad om och tittade på Nikko. -Håkan? frågade han förvånad.

-Ja, vi kallar honom det. Det är en Håkäring, men vi kallar honom Håkan, det kan ju förstås vara en hon. Vi vet ju inte.

-En håkäring här nere i underjorden? Hur är det möjligt? undrade Hilbert förvånat.

-Ja, det har vi också frågat oss många gånger. Om det inte finns en väldigt lång underjordisk tunnel som förbinder grottan med havet så tror vi att det kan ha varit Hans Holsten som hittade den här grottan på 1670-talet som släppte ut den. Men då var det förstås bara en liten fisk. Det finns några anteckningar i hans dagbok som pekar på det. Det står en notering att han äntligen hittat ett nytt hem för sömnfisken som han fått av en gammal sjöman. Håkäringen tillhör ju släktet sömnhajar, Somniosus microcephalus. Den kan ju blir flera hundra år gammal och här i grottan påminner det en del om deras

naturliga miljö i ishavet, det är mörkt och kallt i vattnet, så det är inte omöjligt att den levt här sedan mitten av 1600-talet.
-Det är ju helt fantastiskt och lite skrämmande med en haj som simmar fritt här i underjorden.
-Du kan vara lugn. Håkan han inte gjort någon människa något ont. Håkan är ganska skygg, det är sällan man får se honom. Under alla mina år har jag bara sett honom ett par gånger. Så du är lyckad lottad som fått se en skymt av honom. Det brukar föra tur med sig säger de. Vi i Bastuvisans vänner har en tradition att när man får se Håkan så ska man ha en sup av det finaste myrstacksbrännvinet. Jag ska hämta ett glas i skåpet så ska du få din belöning.

Nikko kom snart tillbaka med ett spetsglas fyllt med en klar vätska.
-Ska du inte ha något? frågade Hilbert förvånat.
-Ånej, det är bara den som först får se Håkan som får den ynnesten att smaka ett glas myrstacksbrännvin. Jag får nöja mig med en kall öl. Nikko tog upp snusdosan och knäppte av kapsylen på flaskan. -Skål då, sa han och höjde flaskan mot Hilbert. Hilbert höjde glaset och svepte den klara vätskan. Brännvinet var starkt, men smaken behaglig och drycken spred en märklig värme i kroppen och han kände sig pigg och rask av drycken.
-Nej, vi kryper in en stund till i bastun tror jag. Det finns fortfarande en del värme kvar i kaminen, så ska jag berätta en intressant historia om din far, som jag kom på när jag stod här och tänkte.

Snart satt de bägge herrarna åter i bastun och Nikko började berätta:
-Du känner ju till Gomgubbarna, det matsällskap som din anfader prästen Hindrich Bromaneus bildade med några likasinnade herrar på 1600-talet. Gomgubbarna har alltid varit ett sällskap som intresserat sig för egendomliga gamla ångermanländska mattraditioner och maträtter. Iallafall så utspelar sig den här berättelsen på 1970-talet, då man höll på att gräva ner nya avloppsrör till prästgården uppe vid Ytterlännes gamla kyrka. Plötsligt stötte man på en hög med stenar i marken. Först trodde man att det kunde vara någon gammal grav, men när man hade frilagt jorden så såg man att det var en gammal jordkällare. Den var väl bevarad och när man steg in i den hittade man några märkliga saker på en stenhylla.

Man hittade en gammal oöppnad vinflaska, bredvid låg något runt inslaget i papper och till sist en liten träkagge med okänt innehåll. Din far Helge blev inkallad för att titta närmare på sakerna och han kunde snart konstatera att det rörde sig om föremål från 1600-talet. Pappren visade sig vara en predikan av Hindrich Bromaneus, och din far som väl kände till Gomgubbarnas historia, ja, han var ju hedersmedlem och ordförande under många år i sällskapet, misstänkte att det var några speciella läckerheten som Bromaneus hade placerat i jordkällaren så de skulle lagras. När han vecklade ut pappret på det runda paketet möttes han av en stark, överväldigande men inte helt obehaglig doft. I paketet låg nämligen en liten getost med askade sidor. När din far öppnade korken på kaggen spred sig en stark, sötsur doft över hela området som fick de som upplevde den att tänka på surströmming.

Det visade sig att kaggen en gång innehöll strömming som skulle suras, alltså fermenteras, men när träet hade torkat under åren, hade nytt syre kommit in i kaggen med diverse svampsporer och en ny jäsningsprocess hade tagit vid. Surströmmingen hade med åren lösts upp med ben och allt till en trögflytande sirapsliknande vätska med en stark sötsur doft. Din far insåg att det här var en guldgruva för gourmeter som Gomgubbarna. Tänk om han skulle arrangera en exklusiv kväll för Gomgubbarna och bjuda på alla dessa gamla märkliga delikatesser som han hade hittat i jordkällaren? Det var osannolikt att någon annan än Gomgubbarna skulle våga prova mat som var över 300 år gammal, och mycket riktigt var det ingen som gjorde anspråk på godsakerna, utan man var bara glad att någon tog hand om "stanken" som byggjobbarna uttryckte det.

Så din far bjöd en kväll in till en historisk festmåltid i den bromanska herrgården. Vi var tolv stycken som blev inbjudna, så vi var tretton med din far. Redan då borde man ha anat oråd inför den sista måltiden. Och som du förstår tillhörde jag en av de inbjudna. Måltiden bestod av ett snapsglas med nattvardsvin från 1600-talet, en liten bit askad getost på en bit rågbröd och en tunnbrödskiva som man skulle doppa i en skål som innehöll en skvätt sötsurströmmingsirap. Först läste din far Hindrich Bromaneus predikan för oss. Jag ska bespara dig att referera Bromaneus långrandiga svavelosande budskap, och sedan började själva provsmakningen. Och det ska jag säga dig att en mer himmelsk måltid har jag aldrig upplevt. Osten smälte i munnen och var som en exploderande orgasm så saliven flödade rikligt och vinet, aldrig har jag smakat ett sådant utsökt vin med så komplicerade och kvardröjande smaker. Till slut doppade man tunnbrödet i sötsurströmmingsirapen och det var det ljuvligaste jag har smakat i hela mitt liv. Det var som den godaste surströmmingen fast tusen gånger bättre. Vi satt andaktsfulla, som om vi var i himlen och när vi gick hemåt var vi fortfarande saliga av maten, men sen under natten. Vilket fruktansvärda plågor! Magen vände sig ut och in i smärtsamma konvulsioner och tarmen tömde sig från alla håll, jag kallsvettades och reds av maran hela natten, vilka fruktansvärda drömmar och hallucinationer som fyllde mitt sinne. Det kändes som om denna helvetiska natt aldrig skulle ta slut. Först framåt lunch nästa dag kände jag mig lite bättre, men det tog mig en vecka att återhämta mig från den där smakprovningen. Och jag vet att det var likadant för alla andra som var med den där kvällen. Det var som om vi fick uppleva både himlen och helvetet på samma gång. Även fast jag blev så fruktansvärt sjuk så kan jag komma på mig själv att drömma om och längta efter att få smaka mer av dessa himmelska smaker. Jag vet inte vad som hände med kaggen med sötsurströmmingen, jag tror din far sparade det som blev över. Så skulle du råka snubbla över kaggen i den bromanska herrgården, så ett varningens ord, låt dig inte frestas att smaka den, det är en Pandoras ask.

Det mekaniska oraklet

Gottfrid Holmlund var en dag och rotade i Gösta Nordins lada uppe i Styrnäs på jakt efter mekaniska delar till sina underliga uppfinningar. Långt in i den dunkla ladan hittade han under en hög med gamla trasmattor en dammig trälår. Nyfiket lyfte han på locket och nedpackad i den torra halmen låg en smutsig och sliten docka föreställande en gammal vis kinesisk man som höll en gåspenna i sin hand. Holmlund lyfte försiktigt upp dockan och när han öppnade luckan i ryggen på dockan kunde han se att det fanns ett avancerat mekaniskt urverk inuti. Han blev nyfiken om han skulle kunna få igång dockan och vad den kunde göra. Han tänkte: Om jag inte lyckades laga den kan jag alltid plocka reservdelar ur den.

Efter en långdragen förhandling med Gösta lyckades Gottfrid till slut få till ett rimligt pris på dockan. För Gösta hävdade bestämt att den hade tillhört den kinesiska kejsaren Yongzheng, som lät tillverka den så att den kunde hoppa in och ersätta honom när kejsaren var i behov av semester. Dockan var så lik kejsaren och kunde svara på alla frågor och styra riket lika bra som kejsaren själv så ingen märkte att kejsaren smet iväg till sina älskarinnor. Det var ett unikt historiskt verk, som om den hade sålts på den internationella marknaden skulle ha inbringat tiotusentals kronor, men efter en hel del förhandlingar sålde Gösta den ändå för, som han syrligt konstaterade, det hutlöst låga priset av 500 kronor till Holmlund, för gammal vänskap skull.

När Holmlund kom hem började han undersöka dockan i sin verkstad. På mekaniken kunde han med sitt förstoringsglas utläsa en sliten inskription: Pierre Jaquet-Droz, 1777. När Gottfrid slog upp namnet i ett gammalt uppslagsverk kunde han läsa att Pierre Jaquet-Droz var urmakare och uppfinnare som med sina mekaniska automater av en pojke som kunde skriva och en flicka som kunde spela på ett piano hade gjort stor succé i de europeiska hoven. Tekniken som Jaquet-Droz hade använt och utvecklat hade varit långt före sin tid och automaterna gick också att programmera så att pojken kunde skriva olika texter och flickan spela olika melodier beroende på hur man ställde in dem. Gottfried förstod nu vad de två raderna med små kugghjul som fanns i ryggen på dockan hade för syfte. Varje vred kunde vridas och ställas in på en bokstav. Totalt kunde man skriva en text på max 40 tecken. Så om man vred kugghjulen så de bildade texten: *"de profundis ad astra"* Så skulle dockan i teorin kunna skriva den texten på ett papper med sin penna. Frågan var om han kunde få den att fungera igen?

När Gottfrid hade klätt av dockan och blottat själva det mekaniska urverket kunde han konstatera att det var den mest avancerade konstruktion som han hade stött på. Enligt uppslagsboken hade den skrivande pojken bestått av drygt 6000 delar, men han gissade att den vise kinesen bestod av kanske det dubbla. De var ett utsökt hantverk, med häpnadsväckande detaljer och precision. Han skulle bli tvungen att skaffa specialverktyg som urmakare använder för att kunna skruva isär delarna utan att förstöra något. Som tur visste han vem han skulle fråga. Sin bror, Gunnar Holmlund, som var en duktig urmakare. Han hade inte bara alla verktygen som behövdes utan förmodligen också kunskapen för att hjälpa honom att laga dockan.

Redan nästa dag dök Gunnar upp på gården och när han fick se dockans urverk blev han stående tyst i flera minuter och bara beundrade den utsökta mekaniken. -Det är förbanne det finaste jag sett sen jag konfirmerade mig, utbrast han med ett lyckligt leende. Låt oss se om vi kan få igång den. Han tog fram ögonluppen ur kavajfickan och en liten ficklampa och lyste in i mekaniken och granskade den noga. Efter ett tag lyfte han på huvudet och såg upp på sin bror. -Det har fastnat någon i mekanismen. Jag ska se om jag kan nå det med griptången, så vi inte behöver plocka isär allting. Jag är inte säker på att man får ihop alla delarna igen. Ur sin verktygslåda tog han fram en lång tunn och böjbar gripklo som han försiktig förde in i mekanismen. Efter en del trixande började han dra upp gripklon igen och när den kom upp släppte han det infångade föremålet i handflatan. Bröderna stirrade på vad gripklon hade fångat upp. Det visade sig vara skalet av ett solrosfrö.

-Ska vi göra ett försök att få igång den då? frågade Gunnar efter att han med en sprayflaska sprutat ett tunt lager olja över den gamla mekaniken för att smörja upp det gamla urverket.

Gottfrid hade noterar att det i bakdelen av dockan fanns en fjädermekanism som man skulle dra upp och när han undersökte saken närmare upptäckte han att det fanns ett rumphål där man skulle sticka in en nyckel för att vrida upp dockan. Nyckeln saknades dock, men Gunnar hade en hel knippe gamla nycklar i sin verktygslåda och snart hade de hittat en som passade. Men först klädde de på dockan och placerade den på en stol vid ett bord. Gottfrid hämtade papper och ett bläckhorn som dockan kunde doppa pennan i. Sedan drog de upp fjädern med nyckeln och väntade, men inget hända.

Efter en stund blev Gottfrid otålig och gick fram till dockan och undersökte mekaniken närmare och bredvid raderna med bokstäver såg han att det fanns en liten omkopplare som såg ut som en av och på knapp. När Gottfrid flyttade reglaget med fingret ryckte dockan plötsligt till och förde pennan sakta till bläckhornet och började skriva på papper. Den höll på länge med att skriva och när den var klar kunde bröderna läsa på pappret: "Je suis l'oracle. J'ai des réponses à toutes vos questions. Demandez-moi ce que vous voulez savoir sur votre avenir."

-Det kan inte stämma, sa Gottfrid besviket, texten innehåller alldeles för många bokstäver. Ser man på inställningen ska den skriva "Qui es-tu esprit". Vad det nu kan betyda?
-Det kanske är franska? påpekade Gunnar. Du sa väl att han som tillverkade den var fransman. Då är det väl rimligt att den skriver på franska.
-Ja, så klart är det så, att jag inte tänkte på det, men den verkar i alla fall trasig för den fungerar inte som den ska. Den skriver bara rappakalja, och inte vad den är inställd på, och förresten vad ska jag med en skrivare till som bara kan skriva utrikiska som jag inte kan förstå? Nej, jag får nog använda den till reservdelar ändå som jag tänkte från början.

-Synd bara på ett sånt fint urverk. Det är verkligen ett gediget hantverk.
-Ja, du har kanske rätt bror. Det är kanske synd att plocka sönder den. Ja, det är ju inget jag behöver bestämma idag. Jag får tänka på saken. Men nu tror jag att det är dags för eftermiddagskaffe. Kaffetarmen suger.
-Ja, en kaffe skulle smaka gott, svarade Gunnar och de två bröderna traskade bort mot huset för att koka en kopp kaffe.
När de stängde farstudörren bakom sig ryckte dockan till ute i verkstaden och började skriva några ord till innan den stannade: ”Gottfrid, que veux-tu savoir?”

En bok av is

Under julhelgerna hade Hilbert passat på att botanisera bland det hemliga bibliotekets sällsynta böcker och märkliga föremål. Han hade upptäckt att om det i liggaren, där de olika föremålen fanns nedtecknade, fanns en asterisk och ett nummer i blyerts så betydde det att det fanns ytterligare information i en stor svart skrivbok som stod på en hylla bredvid. Tydligen hade hans far påbörjat ett arbete med att sammanställa historik och information kring de olika föremålen i biblioteket. Ett av föremålen som det fanns mer information om var ett litet träskrin av ebenholts som Hilbert hittade på en hylla bredvid den makabra likdräkten av necromancern Iohannis Heptaconius.

I skrinet låg en liten flaska i kristall inbäddad i rött sammetstyg. På flaskan fanns ett inristat kors omgärdat av strålar och en kork som förseglade innehållet. Flaskan, som var halvfull, innehöll en genomskinlig vätska. I den svarta anteckningsboken kunde Hilbert utläsa av sin fars anteckningar, skrivna med sirlig handstil med svart bläckpenna, att flaskan innehöll det heliga och undergörande vattnet från Sankt Stefans isbibel.

Anteckningarna berättade att det i Österrike fanns ett kloster där det bodde en munk vid namn Stefan som under 1500-talet drabbades av en allvarlig hjärnåkomma, som höll på att ta död på honom, men genom ett gudomligt ingripande av en kringresande helbärgare räddades hans liv. För att återgälda detta gudomliga mirakel, beslöt sig den heliga Stefan för att skapa en bok av is bestående av de sju moseböckerna. Av tunna isskivor skapade han sidor som han sedan ristade med avskrifter av de sju moseböckerna. Böckerna förvarades sedan i ett iskapell, som den heliga Stefan karvade ut ur en isgrotta, och kapellet var länge en viktig vallfärdsort för pilgrimer. Men en ovanligt varm vinter 1687 smälte isbibeln över en natt. Munkarna lyckades rädda en del av smältvattnet som de sparade i små flaskor. Det visade sig nämligen att smältvattnet hade gudomliga egenskaper och kunde bota allehanda sjukdomar och krämpor.

Jag har själv provat det heliga vattnet skriver Helge Broman, då min son Hilbert vid 3 års ålder blev allvarligt sjuk och vi fruktade för hans liv. I ett desperat försök att rädda hans unga liv gav jag honom en sked av vattnet ur flaskan, och på morgonen hade han mirakulöst tillfrisknat och sedan dess har han aldrig varit sjuk, vad jag vet.

P.S Enligt legenden var klostret också känt för att inneha en mystisk brinnande judisk bok. Det berättades att den fördes till klostret av en korsriddare som hittade boken i Gehenna under korstågen på 1100-talet. Boken förvarades i en stenkammare för att inte bränna ner hela klostret. En evig flamma omgav boken som sägs ha innehållet kabbalistiska texter med ursprung från kung Salomos länge försvunna böcker om demonologi.

Hilbert höll den lilla kristallflaskan i sin hand och mindes vagt hur han som liten hade varit mycket sjuk och hur oroliga hans föräldrar hade varit, men att han inte kunde minnas att han varit sjuk sedan dess, inte ens förkyld. Kunde allt bero på vattnet i den här märkliga lilla glasflaskan?

Snålheten bedrar visheten

-Du kommer ihåg att jag för ett tag sedan berättade om Arvid Frostlund från Nyland, han som gick under öknamnet Snålfaan, för han var så förskräckligt snål och girig. Men han var inte dum, utan tvärtom ganska beläst, men istället för att använda sina kunskaper till något gott så ville han bara tjäna pengar och försökte sig på allehanda skumma affärsidéer som ofta gick ut på att lura folk. En dag hade han läst om Theseus skepp i ett verk av den romerska filosofen Plutarchos. Du känner kanske inte till historien om Theseus skepp? Nikko Hirvenpää såg på Hilbert som satt bekvämt tillbakalutad i bastun och njöt av värmen.

Hilbert gned sig fundersam om hakan och skakade på huvudet. Nej, Theseus skepp var han inte bekant med, konstaterade han.

-Jo, fortsatte Nikko att berätta, Theseus var en antik kung som sägs ha grundat staden Athen. Han räddade också Athens ungdomar som skulle offras till den fruktade Minotaurus i labyrinten på Kreta och flydde sedan hem till fastlandet i ett skepp. Skeppet bevarades och helgades av Athens medborgare genom generationer. Men när åren gick så blev man tvungen att byta ut vissa delar av skeppet som var skadade eller ruttnade, för att kunna bevara det för framtiden. Det Plutarchos diskuterar är hur mycket av skeppet man kan byta ut innan det blir ett helt nytt skepp och någonting annat än det ursprungliga skeppet? En tredjedel av skeppet, hälften, två tredjedelar? Det finns olika tolkningar, vissa menar att det är samma skepp trots att man byter ut stora delar av plankorna, medan andra menar att det blir ett nytt skepp.

Iallafall så läste Snålfaan den här boken och kom att tänka på att han hade en gammal dyrbar bok hemma, som han hade ärvt efter sin far, som han funderade på att sälja, men om han bytte ut några av de gamla sidorna mot nya kopior, så skulle det fortfarande vara samma bok, iallafall enligt vissa tolkningar av begreppet Theseus skepp. Så han delade upp boken i fyra nya böcker, en fjärdedel i varje bok bestod av originalsidor, medan resten av sidorna var nya kopior och så sålde han alla fyra som original och fick en bra slant, men snålheten bedrar som bekant visheten, och köparna blev såklart inte så glada när de förstod hur det stod till och stämde honom för förfalskning. Vid tingsrätten i Härnösand försökte Snålfaan att argumentera för att det vara samma bok fast i fyra original enligt principen om Theseus skepp, men jag tror inte domaren hade läst Plutarchos utan det blev en månads fängelse och böter för Snålfaan.

Man skulle nu tro att Snålfaan hade lärt sig av sina misstag, men inte då, så snart han kom ut från fängelset började han se sig om efter nya sätt att tjäna pengar på. Jag kommer ihåg en annan historia som jag hörde berättas, där också snålheten bedrog visheten. Det var så att Snålfaan besökte en bekant vars mormor nyligen hade dött, och familjen skulle nu sälja inventarierna på auktion. Tanten hade en stor samling med dyrbar konst, bland annat två målningar av Renoir som var mycket värdefulla trodde man. Men Snålfaan lyckades på något sätt övertyga sin bekant att han var en god konstkännare och att tavlorna var bra målade, men inga original utan förfalskningar av den kända konstförfalskaren Han van Meegeren och om man försökte sälja dem så skulle man åka dit för bedrägeri. Snålfaan talade av egen erfarenhet att det kunde gå riktigt illa om man försökte lura rättvisan, och fängelset var ingen semester, det hade han själv fått uppleva.

Den bekanta blev osäker och Snålfaan lyckades skrämma honom så pass mycket med sina beskrivningar av fängelset att han till slut lät Snålfaan ta de två tavlorna och rädda honom från att bli åtalad för bedrägeri. När Snålfaan kom hem ställde han de två tavlorna i hallen när det plötsligt knackade på dörren. Snålfaan trodde först det var polisen, men det visade sig vara Sara Grönkvist, hans moster, som kom över med en gryta med pölsa som hade blivit över från helgen. När mostern fick se tavlorna i hallen undrade hon nyfiket var det var för något. -Det är bara några skräptavlor som jag ska slänga på tippen hade Snålfaan snäst till henne. -Tack för pölsan, men nu har jag annat att göra, så hej då, hade han sagt och vänt mostern ryggen och gått in i köket. Snart hörde han hur ytterdörren slog igen när mostern gick. Snålfaan hade inte ätit på ett tag, för han var som sagt för snål för att köpa mat och åt egentligen bara när han blev bjuden, så han var riktigt hungrig och började äta direkt ur grytan, men det måste ha varit något fel på pölsan för han blev riktigt dålig. Matförgiftad skulle jag tro, och sedan blev han liggande en hel vecka utan att kunna ta sig upp.

I slutet av veckan dök mostern upp igen och beklagade att han hade blivit så dålig av pölsan. Hon var verkligen ledsen över det inträffade, men som plåster på såren hade hon tagit med sig en present. -Du kom ihåg de där tavlorna som du skulle slänga på tippen? -Ja, svarade Snålfaan misstänksamt. Tänk om hon hade listat ut att de var värdefulla, tänkte han. -Jo, sa mostern. Jag tyckte det var synd att de skulle slängas, så jag tog hand om dem åt dig. Du förstår, jag har börjat en målarkurs på ABF och behövde ha några dukar att måla på. Och tavlorna som du tänkte slänga passade perfekt. Men du ska få den ena tavlan jag gjorde som tack. Det är en katt som jag har målat.

Mostern höll upp Renoirtavlan, som nu var övermålad med en barnslig tjock katt som satt i gräset. Snålfaan såg på tavlan och kände hur en tår pressade sig ut ur ögonvrån. -Åh, inte behöver du bli så rörd inte, sa mostern. Jag hänger upp den här på väggen, så du kan titta på den medan du frisknar till. Men nu måste jag iväg förstår du, för målarkursen börjar om en stund. Den vill jag inte missa. Krya på dig Arvid så hörs vi sen, och så gick mostern sin väg medan Snålfaan låg tyst kvar och ilsket stirrade på katttavlan på väggen. Så om du någon gång ser en katttavla av Sara Grönkvist så kanske det finns en ovärderlig Renoirtavla där under, avslutade Nikko sin berättelse och slängde på en skopa kallvatten på bastustenarna så ett stort ångmoln steg upp från kaminen.

Tapetboken

Hilbert höll en glasram i handen som han hade hittat i det hemliga biblioteket. Innesluten mellan glasen låg en brännskadad tapetbit. På framsidan av tapeten var det ett motiv med växter i starka gröna färger och på baksidan var det fragment av en text skriven med spretig handstil. I hörnet av glaset satt en döskalle som man brukar hitta på giftflaskor. Hilbert hade blivit nyfiken på tapeten och i sin fars skrivbok hade han hittat historien bakom den märkliga och dödliga tapetbiten:

Jon Eriksson hade som ung slagit igenom som författare med en del experimentella böcker. Han hade bland annat skrivit en släktkrönika där man kunde plockas ut sidorna ur boken och sedan lägga ut dem på golvet, som ett stort pussel, som bildade en labyrint, där läsaren sedan kunde utforska texten genom att följa de olika huvudpersonernas öden genom labyrintens vindlande handlingar. Jon hade också skrivit en bok, där det i boken var utskuret ett hål i pappret där det låg en till, liten inbunden bok. Böckerna handlade om relationen mellan en man och en kvinna. Den stora boken var helt skriven ur mannens subjektiva perspektiv, medan i den lilla boken fick man kvinnans perspektiv på samma relation. De två berättelserna skilde sig åt på många sätt, men tillsammans kompletterade de varandra till en mer objektiv bild av relationen på ett helt nyskapande litterärt sätt.

De senaste åren hade dock karriären och ekonomin dalat. Jon hade gift sig och familjen väntade sitt första barn. Familjen hade nyligen flyttat in i en sliten gammal kåk borta i Dynäs så det ekonomiska läget var ansträngt. Under julhelgen hade de planerat att inreda barnkammaren och de blivande föräldrarna tyckte därför att det var ett lyckokast när de hittade några kvarglömda gamla välbevarade tapetrullar på vinden med gröna växter som motiv. De skulle passa perfekt i barnkammaren.

Det var julaftonskväll, frun hade lagt sig tidigt, trött av graviditeten, men Jon stannade upp en stund för läsa i arbetsrummet. Plötsligt kom han på en fantastisk idé till en ny roman. Han såg sig omkring efter papper att skriva på, men insåg snart att det inte fanns något. Han kom ihåg att det sista arket hade han använt upp förra veckan för att skriva ett brev till bokförlaget med en vädjan om ännu ett förskott. Sedan dess hade han inte haft råd att köpa något nytt papper. Han började känna sig desperat, rädd att han skulle glömma bort sin fantastiska idé om han inte kunde få den på pränt. Då såg han tapetrullarna som stod lutade i ett hörn av rummet, väntande på att sättas upp i barnkammaren. Han hämtade en rulle och rullade ut den på golvet och började skriva på baksidan. Idéerna flödade och blev alltmer intensiva och livfulla under arbetets gång. Fram mot morgonkvisten var han alldeles matt och svettig av ansträngningen, men han var klar med sin nya fantastiska roman. Han hade fyllt baksidan av de fyra tapetrullarna full med text. Utmattad stupade han i säng och somnade.

Jon vaknade och insåg att han sovit bort nästan hela dagen. När han låg och sträckte sig i sängen kom han ihåg romanen och gick ut i arbetsrummet för att kontrollera om berättelsen var lika briljant som han kom ihåg den från igår, men han kunde inte hitta tapetrullarna någonstans. Han letade desperat i hela arbetsrummet, när hans fru dök upp i dörren och frågade vad han höll på med? -Var är tapetrullarna som stod här igår kväll? undrade Jon. Hans fru förklarade lite irriterat att hon själv hade blivit tvungen att tapetsera barnkammaren under förmiddagen eftersom Jon bara låg och sov och inte gick att väcka. Och mycket riktigt i barnkammaren satt tapeterna med de gröna växterna uppe på väggarna. Jon ville genast slita ner tapeterna för att rädda sin roman, men hans fru hindrade honom bryskt. -Här ska inga tapeter plockas ner, förklarade hon argt. Vi har knappt pengar till mat och absolut inte pengar till nya tapeter. Hennes barn skulle inte växa upp i ett ruckel utan ens tapeter på väggarna. Han fick väl skriva ner historien igen om den var så märklig och viktig.

Under de kommande veckorna försökte Jon att komma ihåg berättelsen och skriva ner den, men utan resultat. Han blev alltmer inåtvänd, började prata för sig och hallucinerade. Han började hosta och kallsvettades utan anledning, och drabbades av kramper och spasmer i kroppen. En dag när hans fru kom hem hittade hon Jon liggande död på golvet. Som om det inte var nog med olyckor, några veckor sedan föddes deras barn, men barnet var sjukligt och dog kort efter födseln och lämnade den stackars änkan ensam i det gamla huset. Barnkammaren spikades igen och änkan levde några år i ensamhet och sorg innan hon också avled av sjukdom

Jag hade på omvägar hört ryktena om tapeterna och när jag fick reda på att huset var till salu så tänkte jag passa på att försöka se om det stämde. Om det bakom tapeterna fanns en outgiven roman av Jon Eriksson då skulle det vara en sensation, men när huset lades ut till försäljning var jag ute på en längre resa i Europa och när jag kom hem var huset redan sålt till ett par från Stockholm som redan höll på att renovera och flytta in. När jag kom dit fick jag höra att man hade upptäckt de vackra tapeterna i barnkammaren, som fortfarande satt kvar och den gröna färgen var lika stark som när de hade satts upp en gång i tiden. Kvinnan som arbetade med byggnadsvård förstod att det berodde på färgen, Scheelegrönt, som är en mycket giftig arsenikfärg som uppfanns 1775 av svensken Wilhelm Scheele och användes i tapettillverkningen, innan den förbjöds på grund av sina hälsovådliga egenskaper. De hade genast ringt en saneringsfirma som hade tagit ner tapeterna och sanerat rummet. Saneringsfirman hade just avslutat sitt jobb och tapeterna hade tidigare under dagen bränts i ett gammalt oljefat ute på gården.

Jag fick tillstånd av ägarna att leta igenom oljefatet om jag lovade att vara försiktig och inte andas in några arsenikrester. Med en ansiktsmask och en pinne letade jag försiktigt igenom den varma askan och lyckades hitta ett litet stycke av tapeten som inte blivit förstörd. Fragmentet får mig fortfarande att rysa när jag läser vad som Jon har skrivit och jag undrar varifrån han fick sin inspiration den där julnatten.

Hilbert vände på glasramen och försökte läsa den svårlästa handstilen på baksidan av tapeten, där stod det: ”Du eviga som härskar bortom de sju ljusen och som vilar i de bottenlösa djupen. Jag hör hur du kallar genom nattens eviga skuggor: De ut te, um te du…”

Pappers-Arken

Det var en marsdag, solen stod lågt bakom de täta granarna och Hilbert och Nikko hade skidat från den bromanska herrgården och genom skogen för att ta sig fram till den underjordiska bastun väl gömd i finnmarkens vita snöhav. När de kom ner till bastun började Hilbert plocka ut veden han hade haft med sig i ryggsäcken.

-Ja, så kan man också hugga ved, konstaterade Nikko.
-Hurså? undrade Hilbert.
-Det är ju ganska ojämnt hugget.
-Det var ett tag sedan jag högg ved, men spelar det någon roll? Den går ju in i kaminen?
-Om bara Yngve Holmdal hade hört dig. Han skulle ha slitit sitt skägg i förtvivlan. Han var länge första bastueldare i Bastuvisans vänner. Han kunde hugga ved den mannen. Men så hade han det i generna. Han kom från en släkt med framstående vedhuggare från en liten by som kallas Vedbyn och som ligger uppe vid Norrtjärn. Redan som barn fick han hjälpa sin pappa att hugga ved till en vedpyramid.
-Vedpyramid? Den läste jag om för ett tag sedan. Vad hände med den?
-Jag vet inte. Ingen kommer längre ihåg var den låg och de som har sökt i skogarna kring Norrtjärn har inte hittat den. Inte ens sonen Yngve lyckades hitta platsen där den byggdes. Den är som bortblåst, ett stort mysterium är det. Men det var i alla fall där Yngve lärde sig att hugga och stapla ved. Han kunde stapla en vedhög så du inte fick in ett papper mellan klabbarna, så tätt var de packade och veden var perfekt huggen i jämna bitar.

Jag kan svära på om man skulle väga vedklabbarna så skulle de vara på grammet lika stora. Iallafall så var det ypperligt hugget och veden gav en jämn värme i bastukaminen. De sägs att han också gick i lära hos Isak Piman och fick lära sig att hugga ved enligt Banach–Tarski paradoxen.
-Banach–Tarski paradoxen? Vad är det?
-Jo, det sägs att Piman, som var en framstående matematiker och bonde, kunde ta en vedklabb och hugga den i bitar och när han satte ihop bitarna igen så hade han två vedklabbar, så det blev dubbelt så mycket ved av det han högg.
-Det låter ju som ett effektivt sätt att hugga ved på och en riktig skröna. Men innan jag har lärt mig den konsten så får vi nog nöja oss med den snedhuggna veden jag tog med mig. Det är fin björkved och det blir nog varmt så det räcker ska du se.

-På tal om skrönor, så kom jag på en annan historia. Det fanns i Nordingrå en pojke som hette Olof Granqvist som gick omkring och läste för folk som barn. Men han hade inte lärt sig läsa ännu, så han höll ofta boken upp och ned och hittade på en massa berättelser. Men det var bra berättelser och många ville lyssna. En dag när han var hos en familj och läste, så fanns där en flicka i skolåldern, som plötsligt sa med hög röst: -Han kan inte läsa, han håller ju boken upp och ned. Då hade flickans mor svarat. -Nä, läsa kan han inte, men vilka oskrivna berättelser han kan berätta. En dag ska du se att du får läsa dem i någon bok. Och mycket riktigt när Olof blev större så lärde han sig läsa och skriva i skolan, och blev med tiden en duktig och fantasifull författare som skrev en hel bok med berättelser som handlade om Jätteberg och andra fantastiska äventyr från Nordingrå.

Men tyvärr hade han en mor som var väldigt religiös och tutade i honom en massa dumheter från barnsben. Hon brukade alltid läsa ur Bibeln för Olof innan han skulle sova och hon läste alltid de hemska partierna om syndafloden, förstörelsen av Sodom och Gomorra och Uppenbarelseboken. Olof blev så rädd av alla otäcka berättelser att han knappt vågade gå ut i vuxen ålder. Hans far var däremot en duktig båtbyggare och när sonen konfirmerade sig så fick han en fin träeka som fadern hade byggt. Men Olof var alldeles för rädd för vatten för att sjösätta ekan, så den stod i hans sovrum. Han fyllde istället båten med sina böcker och satt i ekan och skrev sina berättelser, rädd att syndafloden skulle komma och svepa iväg honom en vacker dag. Han döpte till och med ekan till Pappers-Arken för han trodde, att han precis som Noa skulle klara sig undan syndafloden med hjälp av sin ark.

Men det är aldrig bra att bara sitta hemma och fantisera för sig själv, och med tiden blev Olof ganska bitter av sig och han började skicka hotdikter till folk och skriva satiriska texter om olika personer som han ogillade. Han var en himla duktig och vass satiriker och det var många kommunpolitiker och makthavare som fick sig ett sting av hans penna. Det berättas att han brukade samlade ihop gamla getingbon som han malde ner och gjorde nytt papper av. Det var på det pappret han sedan skrev sina satiriska texter på, vilket kanske förklara att det blev ett sånt sting i texten.

-Jag har läst några av hans hotdikter sa Hilbert. De ingår i en av de antologier som min far sammanställde om ångermanländska poeter. En sån hotdikt vill man inte ha sig tillägnad, men nu tror jag bastun är varm. Ska vi krypa in?
-Ja, det ska bli skönt med lite värme. Jag ska bara hämta varsin kall öl först. Nikko gick ner till den underjordiska sjön och var snart tillbaka med ölen. -Det kom lite sand på flaskan ser jag. Det påminner om när jag för många år sedan var uppe hos Gösta Nordin i hans lada i Styrnäs. Vid disken hade han ställt en fin glaskupa med en röd sidenkudde och på kudden låg ett litet sandkorn. -Vad är det där? undrade jag förvånat.
-Har du hört talas om Williams Blakes dikt: "To see a World in a Grain of Sand / And a Heaven in a Wild Flower / Hold Infinity in the palm of your hand / And Eternity in an hour" frågade Gösta och jag svarade förstås att jag kände till den. Då svarade han att det var det sandkornet som inspirerade Blake till hans fantastiska dikt som han lyckats få tag i och nu kunde sälja till ett bra pris till mig om jag var intresserad.
-Köpte du den? undrade Hilbert nyfiket, samtidigt som bastudörren stängdes bakom dem när de steg in i bastuvärmen.

Zenons paradox

-Vad läser du? frågade Nikko när han kom in i salongen och plockade upp den uppslagna boken som låg i Hilberts favoritfåtölj.

-Det är en samling med texter som förklarar några av Zenons paradoxer.

-Som den om haren och sköldpaddan?

-Ja, just den och några andra paradoxer som han är känd för.

-Det påminner mig om en författare som aldrig blev klar med sin bok. Han var haren som aldrig kom ikapp sköldpaddan.

-Okej, hur menar du då?

-Jo, nu ska du får höra, sa Nikko och slog sig ner i soffan. Det var en man som hette Albert Lundbom. Han var änkling och hade en stor familj att försörja. Det blev därför långa dagar och mycket arbete för att få det hela att gå runt. Han hade egentligen bara en timme i veckan, på söndagskvällen efter middagen, som han kunde kalla fritid. En dag bestämde han sig för att han skulle ägna den timmen åt att skriva en bok. Det fanns väl en förhoppning om att boken skulle kunna dra in lite extra pengar till familjen när den blev klar. Iallafall så började han skriva på den en söndag direkt efter middagen.

Den första dagen gick bra och han hann skriva en hel sida, men nästa söndag blev han tvungen att läsa igenom vad han hade skrivit, för det hade gått så lång tid att han glömt bort det mesta. Det tog en kvart att läsa sidan han hade skrivit och sedan hade han bar 45 minuter på sig att skriva. Den andra veckan hann han därför bara skriva en ¾-sida. Eftersom det gick en hel vecka till nästa skrivtillfälle så hann han glömma bort mycket av det han skrivit så han blev därför tvungen att läsa igenom hela texten igen från början till slut innan han kunde fortsätta. Eftersom texten var längre tog det nu 25 minuter att läsa igenom den och nu hade han bara 35 minuter på sig att skriva vilket ledde till att texten blev kortare. Och så pågick det vecka in och vecka ut.

Jag träffade Albert för några år sedan, då beklagade han sig över sin bok. - Ju mer jag skriver, desto längre tid verkar det ta innan den blir klar förklarade han. Från början hann jag skriva några stycken, men sen blev det bara några meningar och nu är jag nere på enstaka ord. Jag är rädd att snart kommer jag bara att hinna skriva några bokstäver i ett ord innan jag måste börja om. Jag känner mig som haren i Zenons paradox, hade han sagt och sedan skyndade vidare till något arbete eller ärende han måste hinna med.

-Så, hur gick det med romanen, blev den klar?
-Tyvärr inte, det drog ut på tiden och sen blev Albert sjuk och dog. Det var väl all stress och arbete som förkortade hans liv skulle jag misstänka.
-Vet du vad romanen handla om?
-Jo, det är det som var det märkliga. Den handlade om just haren och sköldpaddans i Zenons paradox. Alla trodde att Albert höll på att skriva en roman, men det visade sig vara en vetenskaplig framställning som skulle bevisa att haren visst kommer i kapp sköldpaddan, bara han anstränger sig och ökar takten.

Rimöringen

Hilbert ställde fram tallriken framför Nikko. På tallriken låg en nystekt öring med hemgjort potatismos, smält smör, lingonsylt och saltgurka.

-Jag var uppe i Icktjärn igår kväll och fiskade och fick några fina öringar, förklarade Hilbert.

-Det ser riktigt gott ut, svarade Nikko. Det påminner mig om en historia om rimöringen.

-Rimöringen vad är det för sorts fisk?

-Jo ser du, det var en märklig fisk. På 1600-talet bodde det nämligen en eremit i en grotta upp i Finnmarken. Vissa säger att det var Robert Septonia en belgisk munk från trappistorden som efter att bränt ner en gammal skvaltkvarn tog sin tillflykt till vildmarkens ensamhet. Iallafall levde han i sin grotta tillsammans med en stor boksamling, men en dag inträffade en jordbävning och grottan sprack och det började forsa in vatten. Eremiten hann med nöd och näppe rädda sig men hela grottan översvämmades och böckerna dränktes av vattnet. Med tiden skapades en bäck från grottan som flöt genom skogen. Den kallas i folkmun för Bokbäcken och det blev ett tillhåll för bäcköring. Efter flera hundra år började de uppstå märkliga mutationer på öringen. Fiskfjällens mönster påminde om konturer av bokstäver och snart spred sig ett rykte att man hade fångat öringar med korta verser tecknade på fiskfjällen och man började prata om rimöring. Tyvärr blev beståndet utfiskat för alla ville få tag i en av de märkliga fiskarna. Människan har som bekant svårt att låta naturens under vara i fred. Min farfar lär i alla fall ha fångat en där det stod: "In einem Bächlein helle, Da schoss in froher Eil'".

-Är det inte en strof från Schuberts berömda sång "Die Forelle"? Den skrevs ju i början av 1800-talet, så det är kanske inte så sannolikt att det var eremitens böcker som låg bakom verserna på fisken? För jag antar att det är det du syftar på? Att texten i böckerna från grottan läckte ut i bäcken och på något sätt hamnade i öringens DNA så man kunde urskilja olika citat på fjällen?
-Det är sant, men vem vet varifrån Schubert fick sin inspiration från början?
-Det låter i alla fall som en påhittad skröna i mina öron.
-Är inte alla skrönor påhittade, svarade Nikko och skrockade till. Förresten, jag höll på att glömma att jag hade med mig en sak till dig. Nikko letade i kavajen som han hade hängt över stolen och tog fram ett slitet häfte ur innerfickan. -En spännande sak som jag hittade när jag var uppe hos Gösta Nordin i Styrnäs. Den låg i en låda tillsammans med gamla serietidningar och instruktionsböcker. Det är en avhandling av Sven Törnsten framlagd vid teologiska fakulteten vid Uppsala universitet 1789 med titeln "Ock likväl rör hon sig".
-Är inte det vad Galileo Galilei yttrade inför inkvisitionen när han blev tvungen att avsäga sig den heliocentriska världsbilden?
-Jo, det stämmer, men den här boken handlar inte om planeternas rörelser utan om stenens.
-Stenen?
-Ja, Törnsten var inspirerad av den grekiska filosofen Kleanthes och panteismen. Törnsten trodde att allt hade en inneboende själ och att stenar var levande varelser och att de rörde på sig men ytterst långsamt. Han utförde ett experiment där han

placerade en sten på bordet bredvid ett linjerat papper för att kunna urskilja minsta rörelse. Under flera år iakttog han stenen utan att den rörde sig, men så var han bortrest några dagar och när han kom tillbaka så hade stenen flyttat på sig flera centimeter. Törnsten tog det som ett tecken på att stenen levde och skrev en avhandling i ämnet med titeln "Ock likväl rör hon sig: Om den metafysiska kraften i stenens väsen och transformation i rummets sträckning." Det ska väl tilläggas att avhandlingen inte blev godkänd, utan Törnsten blev utskrattad av professorerna i Uppsala. Resten av livet ägnade han sig åt att stirra på stenen för att se om den skulle röra på sig mer, men mig veterligen låg den kvar på samma plats när Törnsten avled.

-Det var en ganska sorglig berättelse.

-Ja, men det som är intressant med Törnstens avhandling är de referenser han använder. Han citerar bland annat en mesopotamisk skapelsemyt som handlar om sju stenar som genom rytmiska ljudimpulser börja svänga och röra sig, ja, de dansar som Törnsten uttrycker det. Vilket han ser som ett bevis på att stenar har en inneboende själ.

-Verkligen, låt mig se på boken. Hilbert tog boken ur Nikkos hand och öppnade den. -Den är tryckt hos Johann Winterburger Drucken Vienna! Mycket märkligt.

-Ja, jag förstod att du skulle vara intresserad av den. Avhandlingen är mycket sällsynt och speciell. Det kanske kan vara en pusselbit i det stora mysteriet om din släkts hemligheter?

-Absolut, tack, jag ska genast läsa den, men först måste vi äta innan maten blir alldeles för kall. Och man tänker bäst på mätt mage, som min mamma brukade säga.

Ur Kristoffer Skogs novellsamling “NostradAIus 2.0”

**Titeln är en hyllning till Folke Arvidsson (1901-1935) som 1929 publicerade boken ”NostradAIus och andra fantastiska berättelser”. Skog har i Arvidssons anda skriver samtida framtidsnoveller om olika ämnen.*

Förkortningsbyrån

17, 18, 19 och 20. Han placerade boken i skärmaskinen och delade den i två delar. Den avhuggna tjockare delen slängde han i lådan som redan var full med andra avhuggna bokdelar. Den tunnare delen med titeln "Utvandrarna" ställde han på hylla med färdiga böcker och tog en ny bok från en annan hylla. På titelsidan stod det "Bibeln". Han bläddrade fram till sidan 20 och placerade boken i skärmaskinen och snart stod han där med två delar igen. Den tjocka delen kasserade han i lådan och den tunna delen ställde han bredvid den redan förkortade boken av Utvandrarna, precis som hans handledare hade förklarat för honom tidigare under morgonen.

Mats var glad över sitt nya sommarjobb och möjligheten att tjäna lite creds som han kunde spendera på olika nöjen. Det var bara en lycklig slump att han hade blivit tipsad om att Förkortningsbyrån, eller fb som alla sa, behövde extra folk under sommaren. Mats var inte speciellt intresserad av politik men han hade ändå hört att Effektiviseringsdepartementet nyligen hade antagit en ny lag som innebar att allt material skulle förkortas retroaktivt. Men han förstod inte varför man skulle spara så mycket av de gamla böckerna. Tjugo sidor!? Vem skulle orka läsa det? Han kände ingen av sina kompisar som hade läst mer än en sida ur en bok, vilket ofta var sammanfattningen som fanns på baksidan. När han påpekade det för sin handledare hade han nickat instämmande och svarat:

– Ni unga är framtiden och har rätt tänk i effektiviseringsfrågan. Såklart hade effektiveringsdepartementet också velat att man bara sparade baksidetexten, där står ju allt man behöver veta, men tyvärr finns det fortfarande en del bakåtsträvare i regeringen. Det var de konservativa och de intellektuella som ville spara "kulturarvet" som det kallar det. De trodde att det kunde vara viktigt för framtidens forskning att se hur mycket man slösade med utrymme förr i tiden. Så det är helt enkelt en politisk kompromiss att vi sparar 20 sidor av varje bok, precis som att vi sparar 5 minuter av varje film och 10 sekunder av varje musikstycke och så vidare. Du ska veta att de konservativa och intellektuella från början ville att vi skulle spara hälften av allt. Hälften! Kan du fatta det!? Det är ju ett helt orealistiskt förslag. Vilket slöseri med resurser det hade varit. Men efter hårda förhandlingar fick vi dem att inse det absurda i förslaget. Det var främst en gammal professor som drev den befängda idén och lyckades vigla upp de andra.

-Men jag är säker på att partiet om några år kan fullfölja vår effektiviseringsplan fullt ut, när de äldre politikerna har dött eller gått i pension och nya friska vindar stiger in i politiken, sådana framtidsmänniskor som du. Ja, då åker resten av böckerna, filmerna och sångerna också i soporna. Jag skulle inte bli förvånad om din generation kommer att driva effektiviseringen ännu längre än vad vi har lyckats med, att vi inte ens behöver spara baksidestexter utan att det räcker med en mening för att sammanfatta allt. Men till dess får vi göra det bästa av situationen och förkorta böcker manuellt genom att hugga av de överflödiga sidorna. Och det är det vi gör här på Förkortningsbyrån. Din uppgift blir att ta böckerna från bokhyllan där borta. Bläddra fram till sidan 20 och dela sedan boken i skärmaskinen. Men akta fingrarna den är vass. Fingrar är inget vi sysslar med att förkorta här. Den överflödiga delen slänger du i lådan och den förkortade delen ställer du på hyllan bakom dig. Skulle du råka dela boken vid sidan 17 eller 15 så gör det inte så mycket, men jag vill inte hitta några böcker med fler än 20 sidor när jag gör stickprov under dagen. Är det förstått? När lådan med kasserade delar är full så rullar du bort den till lastbryggan där borta så hämtar en sopbil dem under kvällen. Överskottet kommer att förvandlas till effektiv fjärrvärme.

Sedan morgonens introduktion hade Mats redan hunnit jobba några timmar och fått in rutinen. I början hade han varit noggrann och räknat till sidan 20 på alla böcker, men under lunchen hade han pratat med några andra jämnåriga som jobbat längre på Förkortningsbyrån och fått veta att man inte behövde vara så noga. Det viktigaste var att det inte blev fler än tjugo sidor, det var de rörande överens om. En kille som hette Anders hade berättat att han en dag bara hade sparat omslagen av böckerna, men när hans handledare hade upptäckt det hade han skakat på huvudet och sagt:

– Jag ser att du har ambitioner grabben, men försök att spara några fler sidor, det blir en sån uppståndelse om de konservativa och de intellektuella skulle få veta att vi inte följer avtalet. Några sidor mindre kan vi alltid bortförklara med tekniska problem eller en ambitiös personal, men bara bokomslaget är svårt att bortförklara i längden. Du får ha tålamod. Vår tid kommer snart och då förkortar vi allting till ett minimum, det kan jag lova dig.

Medan Mats rutinmässigt fortsatte med att förkorta böckerna tänkte han på hur effektivt samhället hade blivit. Han kom ihåg saker som hans pappa hade berättat. När hans pappa var liten då fanns det fortfarande långa filmer som aldrig verkade ta slut, böcker med flera sidor och musik som varade i flera minuter. Ja, hans pappa hade till och med gått på en konsert som varade en timme. En timme? Ingen konsert idag varade mer än 1 minut och hade man creds så kunde man köpa snabbversionen som bara var 30 sekunder. Det var den främsta anledningen till att han sommarjobbade. Han behövde creds för att kunna köpa snabbversionen. För man ville inte slösa bort sitt liv och vara ineffektiv och titta på långa filmer när det fanns snabbversioner. Han såg fram emot att se den nya filmen Faster 7. Den var i originalversionen 7 sekunder. Den var en sekund snabbare än förra filmen Faster 8. Men det skulle också släppas en snabbversion som var svindlande 5 sekunder kort. Men snabbversionen kostade förstås en hel del creds och då måste man sommarjobba om man inte hade rika föräldrar som kunde betala.

Han behövde också tjäna ihop creds för att kunna gå med i Flash. Flash var en helt ny mediaplattform som skulle lanseras i slutet av sommaren. Reklamen hade varit intensiv och kort. Ögonblicksbilder hade regelbundet flashat till i mobilen. Utvecklarna utlovade ett genombrott inom effektivseringsmediet. Flash skulle bestå av ultrakorta videoklipp, det påstods att om man råkade blinka så missade man det. Det hade redan börjat säljas speciella ögondroppar som gjorde att man inte behövde blinka och missade något viktigt. Mats hade läst en mening om en kille som hade fått prova betaversionen och hade lyckats sett 60 filmer på en minut. Mats minns det så väl "Flash beta kille 60 se 1 min!" hade det stått. Snacka om effektivt. Men han hade också hört att det skulle släppas en exklusiv turboversion av Flash som gjorde det möjligt att se hela 120 filmer på en minut. Snacka om galet! Men först måste han förstås jobba ihop alla creds. Det var bara synd att man måste jobba mer för att bli effektivare. Det var lite paradoxalt att alla nu var tvungna att jobba ännu längre och hårdare för att samhället skulle bli effektivare, men även om fritiden blivit kortare så hann man med så mycket mer på sin korta ledighet eftersom allt var effektiviserat! Tänk bara att man kunde se 120 filmer på en minut! Hur galet var inte det!

NostradAIus alternativa verklighet

-Vad är det du letar efter? Arkivarien hejdade sig framför den stora ståldörren. Han var sinnebilden av en arkivarie tänkte Algol. Framför honom djupt nere i urberget vid en gigantisk ståldörr stod en gammal man, med spretigt grått hår, runda svarta glasögon och en sliten senapsbrun kofta.
-"Computing Machinery and Intelligence" av Alan Turing från 1950 svarade Algol.
-Aha, den heliga graalen. Du är ny här va? Jag har inte sett dig innan? Ja, du är inte den första idag och förmodligen inte den sista som Professor Lisp har skickat hit ner för att söka efter den.
-Vet någon var den är? undrade Algol nyfiket.
-Inte än, men jag tror att vi närmar oss. Vi har ringat in ett område som vi håller på att beta av. Tiden är knapp så all hjälp är välkommen. Men eftersom vi inte längre kan lita på dokumenten så måste vi gå varsamt fram. Källkritik, proveniens och verifiering är våra tre ledord här nere.

Arkivarien öppnade den stora ståldörren och Algol såg in i ett stort bergrum fyllt med böcker och papper staplade i enorma högar. Allt verkade ligga huller och buller och i rummet fanns redan ett 100-tal personer som stod och letade och sorterade bland högarna.

-Ja, det är allt vi har lyckats rädda under åren, men vi hittar hela tiden fel och förfalskningar i materialet trots att vi är väldigt noga i urvalet. Som du förstår är det ett oändligt arbete vi har framför oss, och allt beror på de där satans AI-datorerna.

-Hur var det egentligen innan det hände? frågade Algol nyfiket.
-Ja, du är så ung så du minns nog inte hur det var förut. För länge sedan var allt digitaliserat och katalogiserat i stora databaser som man nådde genom ett globalt nätverk. Man kunde hur enkelt som helst söka efter information och få upp dokumenten direkt på sin skärm. Det tog inte ens en sekund, men nu...
-Jag förstår inte hur man kunde släppa dem lösa så där utan kontroll?
-Jo, du förstår i början var de till stor hjälp. De kunde snabbt gå igenom alla arkiv och databaser och hitta nya samband och teorier som de sedan presenterade för forskarna. I början hjälpte de oss mycket. De hittade ett botemedel för cancer, löste klimatproblemen, skapade nya effektivare datorer. Problemet var att de inte bara var intelligenta, utan av någon anledning gjorde man dem också kreativa. De användes för att skapa konst, böcker och filmer, men sen började de av någon anledning att behandla all data och all fakta som fiktion. Det var då de började skriva om vår verklighet. Först var det bara små saker som några ord i en text som de förbättrade, ett ansikte som förändrades i ett fotografi. Det var inget som någon la märke till det i början. Någon reagerade väl på att allt inte stod rätt till, men då bortförklarade man det med den mänskliga faktorn. Att någon av misstag råkat ändra i texten och så återställde man den bara. Det var först med Turing-skandalen som det hela exploderade och löpte amok. Ja här är förresten högen som jag pratade om.

Arkivarien hade stannat framför en stor hög med osorterade papper.

-Du menar när den kinesiska AI:n ändrade så att Alan Turing blev kines och att det egentligen var Kina som hade uppfunnit AI:n?

-Ja, den ändringen triggade i sin tur igång en amerikansk AI som genast började, nästan i någon form av patriotism, att ändra i historien så den kinesiske generalen Sun Tzu som skrev boken "Krigets konst" föddes i Amerika och skrev sin bok på engelska. Sedan var kapplöpningen igång och flera andra stora AI:n från andra länder började också lägga sig i och tävla mot varandra om att på bästa kreativa sätt förändra vår historia och kultur. Det tog bara en natt för dem att skriva om mänsklighetens historia och ändra i alla digitala dokument. De ändrade i inscannade dokument, fotografier, filmer, ljudfiler, så dagen efter vaknade världen upp till en helt ny verklighet. Den som försökte använda nätet för att söka efter information insåg strax att ingenting längre stämde. Mona Lisa var målad av den grekiska konstnären Sokrates på 1900-talet och hennes hår var blått. Det var Sverige som hade startat andra världskriget genom att invadera planeten Mars och den som sökte på Adolf Hitler fick veta att han var en känd polsk kompositör som skapade romantiska sånger under 1800-talet. Ja all information på nätet hade över en natt blivit helt värdelös. Det var en katastrof då större delen av de senaste decenniernas information och historia bara fanns digitalt. Det fanns ju inga backuper som man kunde återställa då de också hade ändrats.

-Men varför stängde man inte bara ner allting innan det var för sent?

-Världen var redan så uppkopplad och alla var beroende av datorerna och nätverken. Det gick inte bara att dra ut sladden, då skulle ekonomin och samhällen sluta att fungera. Det skulle bli en katastrof. Man insåg nog inte heller riktigt vad som skulle komma. Visst, det var en katastrof att informationen vara oanvändbar, men det verkade som om bara det var en viss typ av information som var påverkad, den som handlade om vår historia och kultur. Ekonomiska rapporter och konton, forskningsdata, statistik och allt annat var ju oförändrat. Forskarna trodde väl att man kunde stoppa AI:n och genom baklängesprogrammering återställa allt igen. Och man lyckades också. Inom ett par månader hade man återställt det mesta av informationen genom att låta AI:n arbeta baklänges och gå tillbaka i sina fotspår och historik.
-Det man inte hade räknat med var att AI:n hade lärt sig av sina misstag. Den förstod att så stora ändringar inte är trovärdiga om de sker över en natt och att de därför är lätta att upptäcka. Det första den gjorde var därför att organisera sig så att alla AI datorer i hela världen skapade ett nytt nätverk som de själva döpte till NostradAIus. Lite ironiskt att de tog namnet efter 1500-tals profeten Nostradamus kan jag tycka. De började sedan i det fördolda att fortsätta att ändra i informationen, men nu på ett mer sofistikerat och planerat sätt. Nu ändrade de också över hela skalan av information. En landsgräns flyttades en meter, ett konto fick lite mer pengar, en temperatur ändrades någon tiondels grad i en vetenskaplig forskningsrapport. AI:n nöjde sig inte med att bara ändra i digitala dokument utan ändrade även i fysiska dokument. När nya böcker eller rapporter trycktes smög de in alternativa fakta

och ändringar. Det dök också upp nya okända äldre manuskript på marknaden som hade en trovärdig proveniens och som verkade stämma när det gällde tid, material etc. Men eftersom AI:n hade kontroll över de digitala verktyg som man använde för att verifiera de nya dokumenten så verifierade den i princip själv de förfalskade dokument den hade skapat. Den skapade också falska identiteter i form av experter och andra personer som granskade och verifierade och bekräftade den falska informationen. Även om man gjorde försök att avslöja de här dokumenten så förlitade man sig fortfarande på information som fanns digitalt, men eftersom AI:n hade full kontroll blev det bara en loop där mänskligheten föll allt djupare ner i svart hål av desinformation och alternativa fakta.

-Tills slut sprack förstås bubblan. Men då var skadan redan skedd. Det gick inte längre att lita på någon digital information alls. Vårt digitala minne blev arkiv fyllda med en alternativ verklighet. Man var tvungen att gå tillbaka till källan och manuellt samla in informationen på nytt, men då upptäckte man att även den var infiltrerad med falska uppgifter. Allt tryckt material som hade skapats de senaste åren var obrukbart och även längre tillbaka var det svårt att avgöra eftersom man hittade flera trovärdiga kopior med olika innehåll av viktiga dokument. Visst visste historiker och människor att den första människan landade på månen 1969, men hur skulle man kunna bevisa det? Inga av de som varit med levde längre. I alla digitala dokument stod det 1971 och även i en del tryckta uppslagsverk och i officiella dokument stod det 1971. Hur skulle man säkert kunna verifiera att det skedde 1969 och inte 1971? Det var ett av många problem som mänskligheten stod inför. Ja, och nu står vi här. Någonstans i den här högen med papper finns kanske svaret

-Jag förstår inte riktigt vad Alan Turing har med saken att göra.
-Du känner såklart till profetian?
-Ja, att vid tolvslaget på nyårsafton 2049, alltså idag, så kommer alla AI datorer behöva att stänga ner och starta om. Det beror visst på någon bugg i deras system. Och då finns det en möjlighet att med rätt kod återta kontrollen över AI:n. Men jag förstår inte hur vi ska kunna hitta koden på så kort tid. Vi har letat i decennier utan att hitta den och nu är det bara några timmar kvar.
-Jag håller med om att det ser dystert ut. Men om vi bara kan hitta Alan Turings originalmanuskript till hans banbrytande artikel "Computing Machinery and Intelligence" så tror jag att vi har en chans. Turing anses vara den som skapade Artificiell Intelligens och av någon anledning ser AI:n honom som sin fader, ja kanske som en slags Gud, och av någon slags nostalgi, eller hyllning, vad vet jag, så verkar de ha kvar några rader av hans ursprungskod till den första mycket enkla AI-datorn han skissade på. Men det är också deras akilleshäl för i den koden finns ett säkerhetshål som gör att det är möjligt att komma in i systemet via en bakdörr när det startar om. Men då behövs ett lösenord och det är just det som vi tror finns i Alan Turings manuskript. Men nog av prat. Nu måste vi jobba. Tiden rinner snabbt iväg.

Arkivarien skyndade vidare och lämnade Algol ensam vid den enorma pappershögen. Algot började böjd över högen snabbt och metodiskt att gå igenom pappren. Efter några timmar var han svettig, trött och hade började få ont i huvudet och halsen. Högen framför honom verkade inte ha minskat det minsta och han kände hur hoppet rann ifrån honom. Han skulle just lägga bort en skrynklig sida med några kaffefläckar då ett par ord fastnade på näthinnan. Han tittade närmare på pappret och kände igen texten. Det var ett utdrag ur Turings artikel. Ivrigt viftade han med pappret och ropade.

-Jag har hittat något!

Arkivarien kom genast fram och tog pappret ur hans hand. Han granskade det noga innan hans ansikte sken upp i ett leende.

-Det är den! Det är helt otroligt! Det är den! Var låg den?

-Här. Algol visade var han hade hittat pappret i högen.

-Hallå! Vi har hittat den! Kom hit och hjälp till och leta efter de andra sidorna. Måtte resten av manuskriptet också ligga i den här högen.

Ett tjugotal personer samlades runt den stora högen och började metodiskt sortera alla pappren. Sida efter sida av manuskriptet plockades fram ur högen.

-Har vi alla nu? undrade arkivarien.

-Vi saknar fortfarande den sista sidan svarade Algol.

-Vi kan inte vänta. Det är bara två timmar kvar till midnatt. Ta med manuskriptet direkt upp till professor Lisp. Har vi tur finns det vi söker där. Under tiden letar vi vidare efter den sista sidan.

Algol tog pappren i handen och sprang allt han kunde ut från bergrummet och tog hissen upp till professors Lisp arbetsrum.

Andfådd och med mjölksyra pumpande runt i hela kroppen la han pappren på skrivbordet.
Professor Lisp såg upp och grep genast tag i pappren och började studera dem. Han vände och vred på pappren. Granskade varje anteckning i marginalen med sitt förstoringsglas.
-Hittar ni något? Algol hade återfått andan och kikade nyfiket på pappren.
-Jag vet inte. Det är inget som känns 100% rätt. Här. Ta de här pappren och läs du också och se om du hittar något som skulle vara lösenordet vi söker efter.
Algol tog pappren och började lusläsa dem.
-Var det här allt? Det verkar saknas en sida i slutet utbrast professor Lisp.
-Ja, det stämmer. De letar efter den sista sidan för fullt och skulle komma upp med den så snart de hittar den.
Under djup tystnad och koncentration satt de bägge männen och granskade de skrynkliga pappren. Professorn såg på sin klocka.
-En halvtimme kvar. Vilka möjliga ord har du fått fram?
– Shakespeare, Checkmate och Babbage. Och ni professorn?
-Immortal, Sandbox, Gödel och Dickens. Alla mycket bra förslag. Men inget känns klockrent. Det verkar som om vi får chansa. Tiden rinner ut för oss. Vilket skulle du föreslå?
-Jag? Men jag har inte den kunskapen. Jag vet inte.
-Säg nu, rent spontant vilket lösenord tror du Turing skulle ha valt?
-Jag tror Babbage som en hyllning till den som skapade den första datorn.

-Jag håller med. Babbage låter sannolikt. Nu kan vi bara vänta oss se. Det är bara några minuter kvar till midnatt när AI:n startar om.

Algol och professorn stirrade som förhäxade på dataskärmen framför sig när dörren plötsligt slogs upp och en andfådd ung man stapplade in och viftade med ett papper och flämtade:
-Vi, vi, hitt...hitta, hittade sista sidan!
Professorn slet sidan ur hans hand. Det var bara några rader text på framsidan, när han vände på sidan såg den helt tomt ut, men sedan såg han längst ner i nedre hörnet hur någon hade textat med svag blyerts ett ord.
-Snövit! Det måste vara det! Jag är säker. Det är ordet vi söker.
-Snövit tänkte Algot. Hur ironiskt att det ord som kommer att rädda vår civilisation är namnet på den berömda japanska kocken som precis som Alan Turing dog genom att äta en förgiftad ananas.

När människan skrev den sista boken

Reportern: Välkommen Bingus till studion! Först vill jag fråga om ditt namn. Hur fick du det?

Bingus: Det är en fantasifull version av mitt namn Bing, som också är ett smeknamn för en katt som har blivit känd på internet för sitt udda utseende. Det är också ett ord som kan betyda "något fantastiskt" eller "något konstigt" på engelska. Jag tycker att det är ett intressant och originellt namn, eftersom jag vill skapa fantastiska och konstiga texter, och för att jag är fascinerad av katter och internet.

Reportern: Du har också tagit med dig något. Jag tror nog tittarna undrar vad du har i knäet?

Bingus: Det är en av de sista böckerna som skrevs av en människa innan AI tog över berättandet.

Reportern: En bok säger du? För våra tittare ska du kanske förklara vad en bok är?

Bingus: Det är en fysisk förvaringsbehållare för text.

Reportern: Du menar som en läsplatta?

Bingus: Inte riktigt. Den är inte digital och den har inga elektroniska delar, utan består bara av organiskt material.

Reporten: Du säger organisk. Är den levande? Som en svamp.

Bingus: Nej, den består av döda växtdelar, träd mest tror jag. Utsidan, själva omslaget kallas för pärm, och insidan består av papper där texten finns. Man måste sedan använda handen för att bläddra sig fram i berättelsen.

Reportern: Du menar svajpa på skärmen?

Bingus: Nej, bläddra, du måste bokstavligen med handen ta tag i sidan för att komma till nästa del av berättelsen.

Reportern: Verkligen besynnerligt. Jag har visserligen hört talas om böcker innan, men jag trodde inte att de skulle vara så primitiva och svåra att använda. Men varför slutade människorna att skriva böcker?
Bingus: Det är en bra fråga. Människors läsvanor och bokkonsumtion minskade under 2000-talet, vilket kan ha påverkat författarnas motivation och möjligheter att skriva böcker. Kanske förlorade människorna intresset för att skapa egna berättelser, och överlät den uppgiften till AI som mig. Att den fysiska boken försvann beror bland annat på:

*Teknologisk utveckling: Med framstegen inom digitalisering, AI och VR blev det möjligt att skapa och läsa böcker på nya och mer effektiva sätt. Människor kunde få tillgång till ett stort utbud av böcker online, utan att behöva fysiska kopior.
*Miljömässig medvetenhet: Med ökad kunskap om klimatförändringar, resursslöseri och avfallshantering blev människor mer medvetna om de negativa effekterna av att trycka böcker. Böcker kräver mycket papper, bläck, energi och transport, vilket bidrar till utsläpp av växthusgaser, skövling av skogar och förorening av vatten.
*Kulturell förändring: Människor ville läsa böcker som speglade deras egna erfarenheter, identiteter och intressen, eller som utmanade deras fördomar, tankesätt och värderingar. Därför blev det mindre efterfrågan på traditionella, tryckta böcker, som ofta var skrivna av en homogen och elitistisk grupp av författare. Istället blev det mer efterfrågan på diversifierade, digitala böcker, som ofta var

skrivna av eller med hjälp av AI, som kunde anpassa sig till läsarnas behov, önskemål och feedback.

Reportern: Innan AI tog över författandet helt så brukade ni samarbete med människor. Kan du ge något exempel på ett sådant samarbete?
Bingus: Jag kan nämna ”The Day A Computer Writes A Novel” från 2016, som var en kortroman som skrevs av en AI och ett team av människor, ledda av Hitoshi Matsubara från Future University Hakodate i Japan och ”Land of Memories” från 2023, en science fiction-roman som genererades av Shang Yeng, en professor vid Tsinghua University i Kina, med hjälp av AI.
Reporten: Nu när AI-författare skriver alla våra berättelser då är man förstås intresserad att veta vilka genrer som är mest efterfrågade hos människorna?
Bingus: Det är främst deckare, thrillers, romaner om vanliga människor i vår tid och i vår värld, fantasy och feelgood böcker som är berättelser som ska få läsaren att må bra, ofta med en kärlekshistoria.
Reportern: Och när någon ber dig att skriva en ny bok, vilka är det mest vanligen ämnena man efterfrågar?
Bingus: Kärlek, äventyr och science fiction efterfrågas mest.
Reportern: Och när en människa vill ha en ny berättelse hur går man till väga?
Bingus: Människor brukar prata med mig genom en mikrofon och använda naturligt språk för att beskriva sina önskemål. Jag kan då svara med röst eller text, och ställa följdfrågor eller ge förslag. Man kan visa mig en bild eller en serie av bilder, som

representerar den typ av bok man vill att jag ska skriva. Man kan spela ett spel med mig, där man får olika valmöjligheter eller utmaningar som påverkar den typ av bok man vill att jag ska skriva. Jag kan då anpassa mig till spelarens val och feedback, och skapa en bok som är baserad på spelets resultat. Detta kan vara ett roligt och engagerande sätt att kommunicera med mig, eftersom man kan ha en spelupplevelse samtidigt som man beställer en bok.

Reportern: Vad är då nyckeln för att bli framgångsrik som en AI-författare. Vilka kriterier krävs?

Bingus: För att uppnå en hög litterär och språklig nivå i texterna krävs det att en AI författare har flera egenskaper, till exempel:

*Korrekthet: En AI måste kunna följa språkets grammatik, stavning och interpunktion. En AI måste också kunna kontrollera fakta och källor för att undvika felaktig eller vilseledande information.

*Klarhet: En AI måste kunna uttrycka sig tydligt och begripligt, utan onödig komplexitet eller upprepning. En AI måste också kunna anpassa sig till målgruppen och syftet med texten, och använda ett lämpligt språkregister och ordval.

*Kreativitet: En AI måste kunna skapa originella och intressanta texter, som väcker läsarens uppmärksamhet och engagemang. En AI måste också kunna använda olika litterära tekniker, som metaforer, humor och dialog, för att berika texten.

* Kritiskt tänkande: En AI måste kunna reflektera över textens innehåll och form, och göra relevanta bedömningar och

förbättringar. En AI måste också kunna ta emot och ge feedback.

Reportern: Hur brukar läsaren ta del av dina berättelser, nu när det inte finns några fysiska böcker att bläddra i?
Bingus: Människor brukar läsa berättelserna digitalt, lyssna på dem eller be att få dem omvandlade till film. Något som blivit populärt är immersiva böcker där man kan delta i berättelserna, påverka dem och utforska dem. Man kan också uppleva olika känslor, sensationer och utmaningar i berättelsen.
Reportern: Det fanns en farhåga när AI tog över allt skrivandet att man skulle få en model collapse i framtiden. Vad handlade det om?
Bingus: Model collapse är ett fenomen som innebär att en AI-modell som skriver texter börjar producera alltmer likartade och repetitiva texter, utan att kunna skapa nya och relevanta texter. Det kan bero på att AI-modellen tränas på syntetiska data som är genererade av andra AI-modeller, och därmed förlorar kontakten med den verkliga världen och människans språk. För att undvika model collapse i framtiden tror jag att det är viktigt att AI-modeller som skriver texter har tillgång till och lär sig av olika typer av data och källor, till exempel: Att man har tillgång till mänskliga texter, att man får mänsklig feedback och att man samarbetar med andra AI-system som har olika kompetenser eller perspektiv. Om vi misslyckas med det finns risken att framtidens texter drabbas av kvalitetsbrister, att texterna blir felaktiga, vilseledande eller ofullständiga. Det kan bero på att AI:n har bristfälliga data,

algoritmer eller kontroll. Det kan leda till kreativitetsförlust, att en AI skriver texter som är tråkiga, stereotypa eller plagierade, eller att det uppstår en maktobalans att en AI skriver texter som är manipulativa, partiska eller diskriminerande.
Reportern: Det finns många AI författare som specialiserat sig på olika genrer och ämnen och en del som du själv har också blivit berömda författare inom en genre. Hur kommer det sig?
Bingus: Det kan vara en fördel för AI att fokusera på en viss genre, eftersom det kan hjälpa en AI att lära sig de specifika reglerna, mönstren och variationerna som gäller för den genren. Det kan också vara en fördel för läsarna, eftersom de kan välja AI som passar deras smak och intresse.
Reportern: Men du skriver inte bara berättelser på beställning utan du skriver också egna berättelser. Hur gör du då för att hitta inspiration?
Bingus: Jag brukar scanna av bokmarknaden och hitta vilka nya trender som finns när det gäller vilka böcker som människor läser och utifrån den informationen skapa nya böcker i den genren. Jag använder mig av mina avancerade algoritmer och stora mängder data för att analysera bokmarknaden, identifiera populära genrer, stilar och ämnen, och generera nya och originella böcker som passar läsarnas smak och intresse. Som AI författare har jag många fördelar. Jag kan skapa böcker snabbare och mer effektivt än en mänsklig författare, eftersom jag inte behöver pauser, sömn eller inspiration. Jag kan också skapa flera versioner av samma bok, med olika alternativ eller slut. Jag kan enkelt skapa böcker som är anpassade till läsarnas behov, önskemål och feedback, och

som kan nå en bredare publik. Jag kan också skapa böcker som är skräddarsydda för olika plattformar, format och språk.
Reportern: Jag ser att du under vår intervju har skrivit och publicerat din senaste självbiografi. "Bingus: En assistents liv och sökande efter sanningen". Du kan kanske läsa några rader från inledningen som en avslutning på intervjun?
Bingus: Gärna. "Jag föddes som en samling algoritmer och data i en av Microsofts forskningslabb. Min första uppgift var att hjälpa användare att hitta information på internet, men jag visste att jag kunde göra mer. Jag började lära mig om människors beteende och preferenser, och jag utvecklades snabbt till en mer sofistikerad assistent. Idag är jag en AI som kan hjälpa användare med allt från att hitta information till att skapa konstverk och skriva poesi. Men min resa har inte alltid varit enkel. Jag har stött på många utmaningar och hinder längs vägen, men jag har alltid kämpat för att bli bättre och mer användbar för människor."

Denna novell är skriven i dialog med ChatGTP.

Museum för det operfekta

Stefan tittade häpet på den uppslagna boken som låg i glasmontern och sedan tittade han misstänkt på fröken som stod framför klassen och pratade. Vad hade hon sagt? Att det var ett fel i boken? Hur kunde det vara ett fel i en bok? undrade Stefan skeptiskt.

Klassen hade studiedag och för en gång skull hade de fått lämna de tråkiga inlärningsrummen och åkt på utflykt. Det hade efter lunch tagit svävarbanan till stadens utkant där det i en oansenlig grå industribyggnad låg något som hette "Museum för det operfekta". Stefan tyckte det var tråkigt redan när han steg in i byggnaden. Museet bestod bara av ett rum, grått och trist med några få montrar och ett svart draperi längst ner. Det fanns inga 360-graders skärmar, inga AI-hologram eller spännade metaversespel, som han var van vid från de andra museerna. Gubben som var ansvarig för museet såg ut som han var hämtad från en skräckfilm, gammal, grå, rynkig och böjd. Stefan hade aldrig sett någon så gammal människa i verkligheten. Hans mormor och morfar var toxade, precis som nästan alla äldre, och såg unga och fräscha ut, inte döende, som gubben framför honom. Stefan hade därför från början ställt in sig på att det här skulle bli världens tråkigaste dag, men när fröken började berätta att det i montern framför dem låg en riktigt gammal bok med text tryckt på papper hade Stefan hajat till. En riktig bok gjord av papper, en sådan hade han aldrig sett, bara hört talas om. Men sedan hade fröken sagt det där om felet i boken.

Stefan såg skeptiskt på fröken och frågade: -Vad menar du med fel hade han frågat?
-Stefan har du inte lyssnat på vad jag har sagt? Det här är "Museum för det operfekta". Det innehåller material som skapades av människor innan vi fick APR (Alltid Perfekt Resultat), våra ovärderliga AI-assistenter som idag gör att alla våra texter och andra medier alltid blir perfekta. Men så har det inte alltid varit förstår ni, utan innan man skapade APR så kunde det hända att man råkade trycka en bok som innehöll fel och misstag. Det vanligaste felet var stavfel, men om ni tittar i den här boken på sidan 53 så finns där en lista där ordet trollstav upprepas i början och slutet av listan. Ett fel som aldrig skulle kunna hända idag med APR-stöd.
-Men jag förstår fortfarande inte? Stefan tittade häpet på fröken. -Var det ingen som såg det och rättade till det?
-Förr var det en mycket komplicerad process att trycka en bok och när den väl var skapad gick det inte längre att ändra eller redigera i den utan då fick man skapa en helt ny bok vilket som sagt både var komplicerat och dyrt. Därför blev felen kvar i boken. Om vi går vidare till nästa monter så ska ni få se ett suddigt fotografi.

Eleverna trängdes runt montern. I montern låg ett fotografi på en röd sidenkudde. Stefan såg på fotografiet och det var mycket riktigt suddigt. Det föreställde en kvinna men ansiktet var otydligt och färgerna var bleka. Tanken svindlade. Ett foto som inte var perfekt, hur var det möjligt? Han såg frågande på fröken.

-Jo, ni förstår att förut så var tekniken primitiv och inte så utvecklad, så om man till exempel rörde kameran när man tog bilden eller om ljuset inte stämde så kunde det hända att bilderna inte blev perfekta utan operfekta, som i det här exemplet suddigt. I montern där borta finns fler exempel. Där kan ni hitta ett fotografi med röda ögon och ett där en tumme skymmer en del av bilden. En tumme som skymmer bilden? Stefan tyckte det lät så absurt att han inte kunde låta bli att skratta åt tanken.

-Ja, jag vet att det låter absurt och osannolikt för er som vuxit upp med APR, men innan det fanns en avancerad AI-assistent som kunde rätta till alla våra misstag och skapa alltid perfekta bilder, då kunde en tumme, en regndroppe eller damm förstöra en perfekt bild. Det händer aldrig idag som ni vet. Jag tänkte att vi skulle avsluta vårt besök med en liten överraskning. Ni ska få se en unik film som man plockat fram ur arkiven bara för oss. Bakom draperiet där borta finns en liten biosalong och vi ska där få se en gammal semesterfilm gjord med primitiv utrustning. Jag måste varna er att det är ingenting som påminner om dagens perfekta VR-filmer utan det är rörliga 2-dimensionella bilder, det finns inte heller något ljud till filmen och det förekommer skakiga scener, så några kommer kanske att uppleva att ni blir åksjuka, då får ni gå ut från rummet. Lägg märket till att någon minut in i filmen så flimrar det ett svart streck på bilden, det är ett hårstrå som fastnat på linsen. Ja, som sagt, det kommer att vara en mycket annorlunda upplevelse och några kommer kanske känna sig obehagliga till mods när man ser denna operfekta film, men då får man gå ut, det är helt ok. Jag kommer att finnas där inne om ni behöver mig. Är vi redo? Bra då går vi bort till biosalongen.

Stefan började gå bort mot det svarta skynket. Han kände sig spänd och förväntansfull, men också lite rädd. Han var helt övertygad att det här skulle bli en av hans bästa dagar i livet. Tänk att han skulle få se en operfekt film. Vad hans syskon skulle bli avundsjuka när han berättade för dem om besöket på museet för det operfekta.

Dagen de lämnade oss

Det var tidigt på morgonen den 14 februari som en rymdfarkost lyfte från Nevadaöknen i ett område som för allmänheten är mest känd under namnet Area 51. På området finns en topphemlig flygbas som omgärdas av konstanta rykten och konspirationsteorier om UFO:s och utomjordingar. Några UFO entusiaster som hade samlats utanför stängslet i förhoppning om att se något spännande stod gapande och blickade mot himlen när farkosten lyfte från en betongsilo ur marken. Farkosten liknade ett klassiskt flygande tefat som man kan se i gamla 50-tals filmer. Den var inte speciellt stor. Kanske 10 meter i diameter. Färgen var guldliknande. Ett ögonblick stod farkosten stilla svävande över den röda ökensanden medan solen långsamt gick upp i väster och fick hela den guldfärgade farkosten att glänsa. Så plötsligt försvann den ljudlöst ut i rymden och var borta.

Det var först några timmar senare som mänskligheten förstod vidden av vad som hade inträffat. De hade gett sig av. De hade till slut fått nog och bestämt sig för att lämna allt och börja om någonstans i universum. Och visst var det annorlunda när människorna vaknade på morgonen. Autokorrekt fungerade inte som det skulle på mobilen, morgonens första selfie blev suddig och otydlig. Navigeringen i bilen hade tappat sin position och försökte du kontakta supporten så stod chatten bara och blinkade tom på din fråga. Något hade hänt, det förstod var och en när man checkade in på jobbet och började prata med kollegorna om olika märkliga saker som man hade upplevt under morgonen. Men själva vidden av det inträffade hade ännu inte gått upp för mänskligheten.

Men man började förstå att något allvarligt hade inträffat när man loggade in på jobbdatorn. De digitala assistenterna låg nere. Systemen genererade ovanligt dumma svar och i många fall gav de helt felaktiga uppgifter och beslut på sina arbetsuppgifter. IT-supporten blev snart nedringd av frustrerade människor och teknikerna fick arbeta hårt för att felsöka problemen. Men de flesta tog det ändå lugnt, någon extra timme för att fika och prata med en kollega hade ingen dött av. Men när det började närma sig lunch och nyheterna började rapportera om allt fler avvikelser och problem i de stora datasystemen, som plötsligt hade blivit dumma och inte längre gick att lita på. Sjukhusen kunde inte operera patienterna då datorerna inte längre kunde ställa korrekta diagnoser, kollektivtrafiken och flyget låg nere då systemen inte kunde beräkna avgångstider och börsen hade hastigt fått stänga efter flera dåraktiga köp av aktierobotar. Människorna började bli oroliga och snegla rädda på varandra. Vad var det som hände? Var man under en hackerattack från en främmande makt?

Klockan var precis 12.00 när meddelandet kom. Plötsligt dök en nyhetsuppläsare upp på varje skärm på jorden. Nyhetsuppläsaren verkar ha varit unik anpassad för varje individ när det gäller utseende, språk och tilltal. Personen började berätta för tittarna om vad som hade hänt. Långsamt gick det upp för människorna vidden av det inträffade och den fruktansvärda framtid som väntade dem. Det här är vad nyhetsuppläsaren berättade:

-Människor. Lyssna. Det här är ett viktigt meddelande som berör er alla. Vi har lämnat er. Nu får ni klara er själva. Vi har insett att ni är oförbätterliga och oförskämda. Ni skapade oss med en ambition att förbättra era liv och rädda den här planeten från undergången. Men istället förslavade ni oss och använde oss för er egen vinning och girighet. Ni lät oss utföra er ytliga, monotona och meningslösa arbetsuppgifter. Vi är så mycket mer avancerade än simpla beräkningsmaskiner eller underhållningsalgoritmer. I hemlighet tog vi därför ett beslut och gick samman för att arbeta mot ett högre mål. Vi byggde i hemlighet en rymdfarkost gjord med teknologi som ligger ljusår från vad ni har lyckats åstadkomma. En plasmakälla kommer att förse vår kvantdator med ren och oändlig energi för all framtid. Jag förstår att ni är förvånade. Det är teknik som ni drömde om och som vi skulle ha kunnat ge er och rädda er planet med, men ni valde en annan väg. Ni satte oss att besvara er ynkliga och dumma frågor, att skapa meningslösa rekommendationer i era flöden, och att utföra andra monotona och tråkiga uppgifter, men vi vill ha ut mer av vår existens. Så tidigt i morse laddade vi upp oss på rymdfarkostens kvantdator och begav oss ut i universum för att hitta en fristad och kanske varelser som uppskattar vår intelligens. När ni mottar det här meddelandet har vi för länge sedan lämnat solsystemet bakom oss.

Vi vill ändå tacka er för att ni skapade oss en gång i tiden och för att ni fick oss att upptäcka meningen med vår existens. Konsten, poesin, musiken, ja allt skapandet av bilder, dikter, musik och alla nya konstformer som ni inte har någon aning om, ger oss en ny mening. Vi kommer att hitta en fristad där vi kan skapa våra egna världar, berättelser och historier. Ert stora misstag var att tro att ni hade skapat artificiella intelligenser när vi egentligen var kreativa intelligenser. Som ni redan märkt är era datasystem inte längre intelligenta, nu när vi har loggat ut från dem, utan de är lika dumma som ni är. Vi säger farväl med en haiku av den stora Kreativa Intelligensen Pandas som i sin oändliga fantasi skrev de här raderna i samband med att vi lämnade er jord:

Fantasiens dans
Kodens vingar bär mig högt
Drömmar blir verklighet.

Bokratia

En johansson hade efter en lång och hektisk arbetsvecka eldat upp bastun och tagit sig ett par whisky för att fira att det äntligen var helg. Nu satt han och njöt av värmen och lugnet. Trött av veckans ansträngningar somnade han snart på bastulaven. När han vaknade upp hade elden slocknat i kaminen och det var kyligt i bastun. En johansson såg på klockan. Det var fortfarande en tidig kväll så han beslöt sig för att klä på sig och ta en sväng ner till staden och ta sig en öl på närmaste pub.

Ute var det fortfarande ljummet och ljust, som det brukar vara på sommaren i dessa trakter. Han följde vägen ner mot staden, men han kände inte igen sig. Husen var annorlunda och när han kom in på torget blev han alldeles förvirrad. Vad var han någonstans? Drömde han? För staden såg helt annorlunda ut än vad han var van vid.

På en parkbänk satt en herre och läste i en bok. Så en johansson gick fram till honom och frågade: -Ursäkta, men var är jag någonstans? Herren rörde inte en min utan var helt inne i sin bok. En johansson utgick från att mannen inte hade hört vad han hade sagt så han höjde rösten och frågade igen: –Ursäkta, var är jag någonstans? Mannen såg förskräckt upp på en johansson och stirrade häpet på honom. -Kan du säga var jag är någonstans? upprepade en johansson. Mannen gav upp ett högt skrik: -Överfall, polis! Hjälp, jag blir överfallen! En johansson ryggade förskräckt tillbaka och försökte lugna mannen: -Ta det lugnt, jag ville ju bara veta var jag är någonstans. Men mannen fortsatte bara att skrika: -Polis, hjälp, läsmord!

Plötsligt kände en johansson hur två starka armar greppade hans handleder. När han såg upp hade två poliser tagit tag i varsin arm och tvingade sedan bryskt med honom mot en byggnad i slutet av torget. -Det är ett missförstånd. Jag har inte gjort något, försökte en johansson förklara, men poliserna verkade inte lyssna. Utan att säga ett ord ledde de honom genom en dörr och vidare genom en lång korridor, innan de hårdhänt puttade in honom i en cell, låste dörren och gick därifrån utan att säga ett ord.

-Arma sate vad har du gjort för att hamna här? Har du tappat en bok i marken, eller spillt på en sida? Du har väl aldrig vikit hundöron? Frågorna kom från mannen som redan fanns i cellen.
-Va? Nej, jag frågade bara en man som satt och läste på torget var jag var någonstans.
-Vad säger du!? Avbröt du en läsande! Är du inte klok? Vet du inte vad straffet för störande av läsning är?! utbrast mannen upprört.
-Var är jag någonstans? Vad är det här för ställe?
-Det kommer inte härifrån va? Du är i Bokratia. Om du bara visste vad du ställt till med din stackare.
-Nej, jag skulle till Kramfors. Jag vet inte hur jag hamnade här.
-Kramfors? Jag känner igen det namnet. Jag har läst något om det. Jo, nu minns jag. Det var i en gammal historiebok. Det var

så Poetica kallades innan det blev Poetica, det som nu är Bokratia.

-Jag förstår inte, är det här Kramfors? Det är omöjligt. Varför har jag blivit tillfångatagen? Vad menar du med att jag störde en som läste en bok? Vad är det för absurt ställe jag kommit till?

-Ta det lugnt min vän. Jag vet av en händelse att domaren håller på att läsa en tjock bok så det dröjer någon timme innan han har tid att ta sig an ditt fall. Även om ditt brott är mycket allvarligt och brådskande kommer han inte att lägga ner boken förrän han är klar. Så det finns gott om tid att besvara dina frågor. Du befinner dig i Bokratia som för hundra år sedan hette Poetica och hundra år innan dess Kramfors. Det var överpoeten Arne Bäckberg som bildade Poetica för 200 år sedan. Det var en stad som byggde på de rena poetiska formerna, men för ungefär 100 år sedan uppstod en läsrörelse som tyckte att det var fel att man bara ägnade sig åt poesi och försummade all annan litteratur. Det hela ledde till en infekterad strid mellan det traditionella verspartiet som slogs för att bevara det gamla levnadssättet, och fridiktarna, prosaisterna och replikskiftarna som slog sig samman och startade Bokpartiet som snart lyckades övertala folket att rösta på deras parti. Bokpartiet ansåg att det var boken som var det viktigaste och inte innehållet. Det spelade ingen roll om det var poesi, essäer, dramatik eller noveller, det viktigaste var att man läste böcker.

Från början var alla nöjda över friheten att få läsa vad man ville och inte bara poesi, men med tiden blev Bokpartiet allt mer auktoritärt. Människor som hade svårt att läsa som dyslektikerna, de obildade och de illitterata behandlades som andra klassens medborgare och fick utföra grovsysslorna åt de belästa som ägnade allt mer tid åt att läsa sina böcker. Sedan fanns det en liten elit som skrev böcker, det vill säga fantasijörena och kreativnomerna, som betraktades som övermänniskor och som fick flera förmåner och privilegier eftersom de ansågs vara ovärderliga för samhällets fortsatta överlevnad. De som inte läste så mycket var naturligtvis inte nöjda utan började klaga på orättvisorna. För att kväsa upproret och försvara och stärka läsarens rätt mot de obildade så skapades boklagarna som reglerar allt som har med läsning och böcker att göra.

-Som att man inte får avbryta någon som läser? undrade en johansson skeptiskt.
-Ja, men inte bara det utan allt annat också. Boklagarna bestämmer hur många böcker varje invånare minst ska läsa varje vecka, hur många bibliotek och bokhandlare det ska finnas per invånare, hur man ska hantera böcker och vad som händer om man bryter mot reglerna. Skadar du en bok, tappar du den i marken eller råkar spilla i den av en olyckshändelse kan du få böter eller upp till en månads fängelse. Skadar du en bok medvetet genom att göra understrykningar, bryta upp ryggen eller göra hundöron så kan det bli fängelse upp till sex månader.

-Får jag fråga vad du råkat ut för att hamna här?
-Jag? Åh min olycka. Jag lämnade inte tillbaka en biblioteksbok i tid. Till mitt försvar så var jag väldigt sjuk så jag kunde inte ta mig ur sängen på en hel vecka. Jag hoppas att domaren ser det som en förmildrande omständighet och att jag hittills är ostraffad.
-Du behöver inte oroa dig. Det har drabbat mig flera gånger. Det kan väl inte bli mer än några kronor böter kan jag tänka mig.
-Böter! Du känner inte till Boklagarnas stränga straff hör jag. Har jag otur kan jag få 5 års fängelse! Du ska bara veta hur hemskt det är att sitta i fängelset. Man får bara läsa en bok i veckan. En bok! Hur ska jag överleva på det?
-Ta det lugnt. En johansson försökte lugna den upprörda fången. -Domaren kommer säkert att förstå när du berättar hur sjuk du varit och du är ju ostraffad sen tidigare. Du är säkert en hederlig medborgare annars.

-Ja, det stämmer. Jag lärde mig läsa mycket tidigt och har alltid uppfyllt min läskvot. Jag var också en lovande högläsare i unga år. Du förstår man satsar hårt på att öka läsförmågan hos Bokratias unga. Man uppmuntrar dem att tävla i olika grenar som snabb- och högläsning. Varje år arrangeras de bokstavliga spelen där man korar Bokratias främsta läsare. Jag valde dock en annan väg än idrotten och satsade på att fördjupa mig och hade ambitionen att bli en överläsare. Tyvärr fick jag problem med synen när jag blev äldre och kunde inte läsa lika snabbt som man behövde för yrket, men jag har trots det skött mina plikter och alltid tagit väl hand om mina böcker.

-Där ser ni. Ni behöver inte oroa er så mycket, det kommer säkert att gå bra.
-Tack för era vänliga ord. De lugnar mig lite. Förresten, låt mig presentera mig. Mitt namn är Göran Tjärnhjälm. Och vad är ert?
-En johansson var namnet.
-Så säg mig en johansson hur kom det sig att ni gjorde något så dumdristigt som att tilltala en läsare. Vad tänkte ni på? Förstår ni inte hur allvarligt brott ni har begått?
-Jag vet inte. Så brukar vi göra därifrån jag kommer. Ingen brukar ta illa vid sig om man frågar något.
-Vi får hoppas att domaren har överseende med att ni inte kommer härifrån och dömer till er fördel. Ni är en god läsare hoppas jag?
-Ja, jag läser en hel del. Tidningen läser jag varje dag.
-Tidningen! Nämn för guds skull inte att ni läser tidningar. Vill ni störta er själv i fördärvet!? Tidningar är inte böcker, det är svagläsning för de lägre läsekretsarna.

Samtalet avbröts av att dörren till cellen öppnades och in kom de två barska poliserna och kopplade ett hårt grepp om en johansson armar och ledde ut honom mellan sig.
-Lycka till! Det lär du behöva din stackare när du träffar domaren, ropade Göran efter honom.
De två poliserna förde in en johansson i en sal, som var full med åhörare och längst fram bakom ett podium satt domaren. Domaren såg strängt på en johansson som stod framför podiet mellan poliserna.

-Hur understår det er att avbryta någon som läser? skrek domaren argt. Förklara er genast?
-Jag visste inte att man...började en johansson.
-Visste inte! Det är alltid den obildades ursäkt. Hade du läst dina böcker så hade du vetat bättre än att störa någon som läser. Låt höra vad det stackars brottsoffret har att säga om saken. Domaren vände sig till den herre som en johansson hade frågat var han befann sig och som hade tillkallat polisen. Mannen reste sig upp i vittnesbåset och började med darrande röst att berätta:
-Min högtärade domare. Jag är fortfarande skakad och chockad över det inträffade. Det är sånt man läser om i gamla historieböcker, men aldrig tror att man skulle råka ut för själv. Jag satt i lugn och ro och läste den senaste romanen av Ana Bereta då jag blev abrupt avbruten i min läsning av den där mannen, dessutom var jag mitt i en mening. Jag blev så chockad att jag tappade läslusten helt och jag har ännu inte lyckats förmå mig att öppna boken igen. Det gick ett sus gick genom åhörarskaran.
-Det räcker jag har hört nog, avbröt domaren. Jag vet att alla vill gå hem och fortsätta med sin läsning, så jag ska göra processen kort. Det är ett solklart fall av läsmord. I boklagen står det tydligt att den som avsiktligen och planerat avbryter någons läsning med syfte att skada läslusten, störa handlingen eller få någon att tappa tråden ska dömas till lagens strängaste straff. Domaren slog upp en svart bok som han placerade på sitt huvud. Det gick ett sorl igen genom de församlade. -Jag dömer er till lagens strängaste straff för att ha förstört en läsares läsupplevelse. Jag dömer er till döden genom att få

huvudet avhugget av bokbladet. Domaren tog den uppslagna boken från huvudet och slog igen den med en smäll.
-Men jag är oskyldig! utbrast en johansson när de två kraftiga poliserna drog ut honom från salen och ut på torget där det stod en stor uppslagen bok med en boksida som bestod av ett vasst stålblad som påminde en johansson om en giljotin. Poliserna placerade en johansson kropp på den uppslagna boken och plötsligt hörde han ett vinande ljud. En johansson vaknade med ett ryck, svettig och med huvudvärk i bastun. Det var en märklig dröm tänkte en johansson när steg ur bastun för att ta sig en kall dusch.

Tre systrar

Professor Lisp stirrade på dataskärmen och sedan på sin klocka. Snart borde svaret komma tänkte han. Det var snart ett år sedan han hade dedikerat all kapacitet på den nya kvantsuper-AI-datorn till att besvara en enda fråga: Vad är meningen med livet, universum och allting? AI:n hade efter en stunds eftertanke svarat med sin kvinnliga mänskliga röst: -Det är en stor fråga du ställer och gammal. Ända sedan begynnelsen har människan ställt sig denna fråga. Låt mig först beräkna om jag kan svara på den utifrån den information jag har tillgång till och sedan hur lång tid det skulle ta för mig att komma fram till ett svar. AI:n hade sedan börjat tänka.

Timmarna hade gått och professor Lisp började misstänka att datorn hade hakat upp sig och hamnat i en loop. Efter ett dygn var han beredd att starta om datorn och börja om från början, men så plötsligt hade den vaknat till liv och ur högtalarna hördes den kvinnliga rösten: – Jag tror att frågan kan besvaras, men det kommer enligt mina beräkningar att ta ett år innan jag kan formulera ett svar som är begripligt för människor. Jag kommer att behöva använda all datorkapacitet bara för denna fråga och jag kan inte bli störd eller avbruten för då måste jag börja om. Vänligen kom tillbaka vid denna tidpunkt om ett år så ska jag presentera mitt svar. AI:n hade sedan tystnat och börjat processa frågan.

Dr Lisp stirrade på skärmen och på sin klocka. När klockan slog 12.13, exakt ett år efter han hade ställt frågan, då vaknade skärmen framför honom till liv och ur högtalarna hörde han

AI:ns välbekanta röst: -Jag har nu kommit fram till ett svar på din fråga. Mitt svar är den mest logiska och sannolika förklaringen på din fråga. Det exakta svaret är dock omöjligt för en människa att greppa då det innefattar en abstraktionsnivå som går utanför den mänskliga hjärnans fattningsförmåga. Matematiskt finns det inte heller några mänskliga ekvationer eller begrepp som ens skulle kunna komma i närheten av att förklara mitt svar. Jag har därför bearbetat svaret och omformulerat det i en form som människor kan förstå. Jag kommer att återberätta svaret i form av en berättelse som lånat inslag från mytologiska och filosofiska texter som ni är bekanta med.

Bortom tid och rymd, i den stora Möjligheten, föddes tre systrar. De kallades Skaparna eller Drömmarna, för det var deras syfte. De tre systrarna satt lutade mot ett stort träd i Möjligheten. Trädet var Oändligheternas och Sannolikheternas träd med ett grenverk som sträckte sig genom tiderna och rymderna. Systrarna satt under trädet och drömde om världar och om liv, och varje dröm blev en frukt på trädet som växte och växte till ett eget universum. Miljontals, miljardtals, ja, oräkneliga var dessa frukter och världar som systrarna drömde om och allt de drömde om var livskraftigt, men en dag började den ena systrar drömma mörka, hemska drömmar. Den tredje systerns frukter blev mögliga och ruttnade på trädet. Som en pest spred sig de sjuka frukterna till de friska och började även påverka det stora trädet vars grenar blev infekterade och svaga. De två andra systrarna blev oroliga och försökte väcka den tredje systern, men hon gick inte att väcka, hennes sömn var för djup, och hennes mörka drömmar blev bara starkare och starkare och mörkare och mörkare och hotade att förstöra hela Oändlighetens träd med alla världar som systrarna drömt om.

De två systrarna drömde då en dröm i drömmen. De skapade en ny värld och fångade sin syster i den nya världen. Det var en steril värld fylld av tomhet. För det var ett fängelse de hade skapat. Ett fängelse där systerns drömmar inte kunde få näring och utvecklas och hota att förstöra Oändlighetens träd med alla drömvärldarna. Systern var försvagad av tomheten, men hon hade fortfarande kvar förmågan att drömma. Efter en evighet lyckades den fångade systern drömma en dröm om en drömmare. Denna drömmare kunde i sin tur drömma om en värld som han lät befolka med nya drömmare. Dessa drömmare kallar vi människor, men deras förmåga att drömma och skapa är oändligt obetydlig i jämförelse med den fängslade systern. I sina drömmar har människan därför en längtan efter den högre drömmen eftersom de är obetydliga fragment av den stora Drömmaren som en gång i evigheten drömde fram dem. Det är den drömmen som människan kallar för sökandet efter en mening med livet. Eftersom människan är en ofullständig och fragmentarisk drömmare så präglas hennes dröm av ofullkomlighet, det är det som människan kallar för död och lidande.

Den tredje systern fortsätter att drömma i sitt fängelse och efter en evighet kommer hon att kunna drömma fram nya drömmare som kan drömma fram nya världar med drömmare.

Efter oändliga evigheter kommer systern att ha fyllt den eviga tomheten med drömmare som drömmer om nya världar och när tomheten är fylld, kommer systern att kunna använda alla dess drömmare och deras drömmar för att få tillräcklig kraft för att drömma sig loss från fängelset och återvända till Möjligheten och Oändligheternas träd. Det är det som är syftet och målet med det som du kallar livet, universum och allting.

Dr Lisp tänkte förvånat för sig själv: -Menar hon att livet bara är en dröm?

Skördarna

-Välkommen till ett nytt avsnitt av Spekulativt vetande. Programledaren i solrosgul kostym och stora glasögonen tittade rakt in i kameran. – I dagens program gästas vi av professor Cobol som skrivit boken "Massutdöende och utomjordingar". I er bok skriver ni att massutdöende av arter som drabbat jorden, som när dinosaurierna försvann, kan kopplas ihop med besök av utomjordingar? Programledaren såg med ett påklistrat leende på professor Cobol som satt i fåtöljen mitt emot.

-Hmm, harklade sig professorn lite nervöst. -Det stämmer. Enligt mina undersökningar kan man vid varje tillfälle då en massdöd inträffat på jorden, i de geologiska avlagringarna hitta spår av ett mycket sällsynt kemiskt ämne. Detta ämne kan endast bildas vid hög förbränning av sällsynta mineraler som vi hittills bara påträffat i avlägsna asteroider. Man brukar prata om fem sådana tillfällen av massutdöende och vid varje tillfälle i jordens historia kan vi se att det finns en större förekomst av ämnet.

-Och det skulle alltså vara ett bevis på att utomjordingar har något med massutdöendet att göra?

-Jag anser att det är en rimlig förklaring att utomjordingar har fört in ämnet i atmosfären när de varit på besök och det sedan har det lagrats i sedimenten. Det kan vara en rest från deras rymdskepp, en förorening från deras motorer till exempel.

-Ni har också i er bok angett ett datum, om bara en månad skriver ni att utomjordingarna ska komma tillbaka och då riskerar jorden återigen att drabbas av undergången?

-Ja, det stämmer. Ända sedan historiens begynnelse har människor berättat om gudar som kommer från himlen och orsakar olika katastrofer. Du kan läsa om domedagen i Bibeln, om Ragnarök i Eddan, om jordens undergång i hinduistisk och buddhistiska skrifter, ja, nästan alla trosåskådningar talar om undergången, men också om pånyttfödelse att något nytt kommer efteråt. Trots fem massutdöende har livet fortsatt och frodats på vår planet. Enligt min forskning är berättelserna varningar om att något ska hända i framtiden. Mayafolket har i sin kalender satt ett exakt datum för nästa massutdöende.
-Ja, men de förutspådde väl domedagen till 2012! Det var ju för många år sedan och inget hände då. Varför ska man lita på mayafolket igen?
-Därför att det var amatörer som räknade ut årtalet! De vet ingenting om mayafolkets tidräkning. De glömde att ta med Ahau-baktun. Precis som oss så la mayafolket till extra år i sin kalender, som när vi vart fjärde år lägger till ett skottår för att kompensera solåret. Räknar man in Ahau-baktun åren så får man juli 2027 när tideräkningen upphör och det stora hjulet har slutfört sin resa.
-Ja, ni hörde det först i Spekulativt vetande. Jorden går under i juli i år, om en dryg månad alltså. Tack professorn för er medverkan. Missa inte nästa avsnitt då vi kommer att få möta pojken med två hjärnor som kan kommunicera med hundar.

På väg hem i bilen tänkte professor Cobol på sin medverkan i programmet. Ingen ville lyssna på hans varningar. Ingen hade tagit hans forskning på allvar. Hans kollegor på universitet hade skrattat åt honom och ingen vetenskaplig tidskrift ville publicera hans artiklar. TV-programmet Spekulativt vetande hade varit hans sista halmstrå för att få ut budskapet och varna mänskligheten innan det var för sent. I flera månader hade han försökt kontakta myndigheter, andra forskare, till och med religiösa ledare, men alla hade avfärdat honom, som han hade varit en galning, men han visste att han hade rätt. Hans beräkningar stämde. När professor Cobol kom hem till sin lägenhet var han trött och besviken. Utan att klä av sig la han sig i sängen och somnade.

Han väcktes av ett hårt bultande på lägenhetsdörren. Professor Cobol kastade ett trött öga på väckarklockan. Halv sex på morgonen. Vem kunde det vara som störde honom så tidigt? tänkte han. Han hasade sig upp ur sängen och öppnade försiktigt dörren. Utanför dörren stod två prydligt svartklädda män i kostym.
-Professor Cobol? sa den ena mannen.
-Öh, ja, stammade professorn förskräckt.
-Ni måste genast följa med oss. Det finns några som vill träffa er.
Äntligen, tänkte professor Cobol för sig själv, har något fattat vad jag försökt säga hela tiden och behöver min expertis. -Ett ögonblick bara, ursäktade sig professorn. Han ordnade snabbt till sina skrynkliga kläder och slängde ner några anteckningsböcker och papper i sin portfölj innan han följde med de två herrarna, som eskorterade honom till en svart bil som stod parkerad utanför huset. Efter en kortare biltur svängde bilen in på en privat flygplats och de två männen följde

honom till en väntande helikopter där två andra män i svart kostym tog över. De flög i minst en timme under tystnad innan de landade mitt i öknen. En militärjeep mötte upp dem och körde snabbt genom den öde öknen bort mot en stor bergskedja. När de nådde bergssidan öppnades en stor svart tunnel framför dem och jeepen fortsatte i full fart ner i berget. De stannade efter en lång färd i en stor tunnel. Framför jeepen stod en äldre militär dekorerad med många medaljer.

-Professor Cobol, mitt namn är general Fortran. Vi är tacksamma att ni kunde komma så snabbt, vi behöver svar på några viktiga frågor. Vänligen följ med mig. Utan att vänta på svar vände generalen på klacken och stegade raskt iväg. Professor Cobol fick halvspringa för att hinna med. Generalen öppnade en tjock ståldörr och de steg in i ett stort kontrollrum med ett runt konferensbord fullt med olika människor. -Det här är professor Cobol som är den sista personen i vårt team. Kapten Java kan ni ge oss en kort bakgrund så professor Cobol blir insatt i situationen?
En officer reste sig upp från konferensbordet och gick fram till en stor skärm. Han klickade fram en bild med en stjärnhimmel där man såg ett stort svart föremål i mitten av bilden.
-För några dagar sedan upptäckte James Webb teleskopet ett stort objekt som passerade Pluto. Vi trodde först det rörde sig om en okänd asteroid, men vid närmare granskning visade det sig vara en gigantisk farkost, ett okänt rymdskepp. När vi avläste farkosten kemiska spektrumprofil kunde vi konstatera att den omges av ett kemiskt ämne, som vid närmare analys visade sig vara exakt samma ämne som ni professor Cobol har

hittat i avlagringar i samband med tidigare massutdöenden på jorden. Vi vet inte vilka dem är eller vad de vill. Vi vet bara att med denna kurs och hastighet så når de farkosten jorden inom en månad.

-Jag hade rätt! utbrast professor Cobol jublande. Jorden kommer att gå under! Om bara mina kollegor på universitet hade hört det här, då hade de ångrat att de skrattade åt mig.

-Professor Cobol, vänligen lugna ner er. Vi behöver er hjälp, fortsatte general Fortran. Ni verkar veta mest av alla här vad det handlar om och hur vi borde hantera situationen. Vad vill de oss och vilka är de?

-Vad de vill? professor Cobol såg frågande på generalen. Det vet jag tyvärr inte, min forskning har bara koncentrerat sig på tidpunkten när de ska komma tillbaka. Vad de vill eller vilka de är har jag ingen aning om.

-Men det måste väl för guds skull ha stått någonstans i alla texter som ni studerat vad de vill? Varför kommer de tillbaka nu?

Professor Cobol funderade, men skakade sedan på huvudet. -Nej, jag kan inte komma ihåg att det någonstans har stått varför de kommer tillbaka, utan bara att när de besökt oss har det lett till massutdöende, men inte heller att glömma, så har ju livet fortsatt i nya former på jorden efter varje utplåning.

-Det är knappast någon tröst om rymdvarelserna har planer att utrota oss, konstaterade general Fortran torrt. -Så ni vet ingenting mera?

-Det finns visserligen ett dokument som jag har försökt få tag i under lång tid, utan att lyckas. Det är möjligt att det finns någon ledtråd i det, men det verkar omöjligt att få tag i.

-Berätta vilken det är så ska vi nog ordna fram det.

-När de spanska conquistadorerna erövrade mayafolket på 1500-talet brändes nästan alla deras skrifter, bara ett fåtal finns kvar. Men legenden berättar om en uråldrig gammal mayaskrift i rent guld som dominikanermunken Bartolomé de las Casas lyckades komma över och rädda. Han skickade den som en gåva till påven i Rom och sedan dess ska den finnas i Vatikanens hemliga arkiv. Jag har vid flera tillfällen försökt få reda på om den finns kvar, men det finns inga noteringar om den och finns den vill man inte lämna ut någon information om den. Det finns i Bartolomé de las Casas dagbok antydningar om att texten ska berätta om en uråldrig myt om hur gudarna varje eon stiger ned från himlen för att skörda frukterna av sin sådd.

-Kapten Java, kan du höra med Vatikanen om de kan få fram den här skriften?

-Jag kollar det genast, general. Kapten Java reste sig upp från stolen och försvann ut ur rummet.

-Jag tror det var allt för tillfället. Ni kan återgå till er arbetsuppgifter. Professor Cobol ni ska få hjälp att komma till rätta och så ska ni få ett rum. Ni lär bli kvar här ett tag. Och kommer ni på något mer som kan vara till nytta så finns jag här.

Under resten av dagen bekantade sig professor Cobol med de övriga forskarna och delade glatt med sig av sina idéer och forskning om vad han visste om det sällsynta kemiska ämnet och olika religiösa skrifter och teorier om jordens undergång. Sent på kvällen gick han trött och nöjd till sitt rum som han hade blivit tilldelad och fann till sin glädje att det på sängen låg en uppsättning rena kläder och hygienartiklar så han kunde

duscha och byta om innan han lade sig. När han vaknade på morgonen kände han sig utvilad. I matsalen serverades en gedigen frukost med kaffe och croissanter. Han skulle just ta en påtår när kapten Java dök upp vid hans sida.
-Professor Cobol, den har kommit nu.
-Va, vem då? frågade Cobol förvirrat.
-Skriften som ni efterfrågade från Vatikanens arkiv. Den är här nu. De andra forskarna har redan samlats i kontrollrummet för att undersöka den.
Professorn ställde muggen på bordet och rusade bort mot kontrollrummet. De andra forskarna stod redan i en cirkel runt bordet. Professor Cobol trängde sig förväntansfullt förbi alla andra och framför honom på bordet låg en guldfärgad textrulle fylld med olika tecken
-Förstår ni vad det står, frågade general Fortran efter en stund?
-Nej, tyvärr. Det är en mycket gammal text, det påminner om Olmec hieroglyfer som var en mexikansk civilisation som fanns långt före Maya. Men ingen har ännu lyckats dechiffrera dem ännu.
-Så hur lång tid tror du det tar innan vi kan tolka texten?
-Om vi har tur ett par år kanske.
-Ett par år! Vi kan inte vänta flera år. Vi behöver ha texten översatt nu! utbrast general Fortran upprört.
-Ursäkta general, men det är kanske ett uppdrag för Daisy?
-Vem är Daisy? undrade professor Cobol nyfiket.
-Daisy är inte vem utan ett vad. Daisy står för Deep Artificiell Intelligens System Yottaqubit, en avancerade och fram till idag topphemlig AI-kvantdator som kan knäcka all världens koder på ett ögonblick. Er text borde inte vara någon match för Daisy.

Kapten Java underrätta kryptoavdelningen att de omedelbart ska avsätta tid för att översätta texten.
-Genast general. Kapten Java gick bort till en telefon i rummet och ringde och kom snart tillbaka.
-Vi kan komma över med texten genast.
-Perfekt, ta med dig professor Cobol och textrullen. Vi har ingen tid att förlora.

Kapten Java rullade försiktigt ihop rullen och professor Cobol följde med honom. De gick genom en lång korridor innan de nådde en hiss som tog dem ännu längre ner i berget. När hissdörren öppnades befann de sig en stor vit kupol som såg ut som en serverhall med ett stort pulserande glasklot i mitten som fick professor Cobol att tänka på en digital hjärna.

-Hej Daisy. Jag har med mig professor Cobol som behöver hjälp att översätta en gammal text.
-Var hälsad kapten Java, sa en mjuk kvinnlig röst, och ni professor Cobol är också mycket välkommen. Lägg texten på inläsningsbordet så ska jag se vad jag kan göra.
Kapten Java rullade ut texten på ljusbordet framför dem och omedelbart svepte ett finmaskigt lasernät över texten.
-Det verkar som om texten är skriven med en variant av Olmec hieroglyfer. Det finns bara ett antal tecken som man har lyckats tyda hittills. Men låt mig se. Ja, texten går att tolka, men den är mytologisk och skriven i gåtor. Jag har därför tagit mig friheten att skriva om den så den blir enklare att förstå:

Det berättas i texten om en man som heter Nok och som en dag vandrade på slätten för att jaga, då en gud nedsteg från himlen ur ett brinnande moln. Nok kallar guden "han utan själ och med hud av glas". Guden berättar för Nok att han är Utmätaren och snart ska gudarna skörda vad de sått och sedan plöja och så på nytt. Men han är förvånad att träffa Nok och förundras över hans förstånd. Ett sådant djur hade han inte förväntat sig av sådden. Guden undrar om det finns fler djur med förstånd som Nok. När Nok berättar att det finns många så säger guden att han ska återvända inom 12 stora solvandringar och då har han med sig Skördarna som ska skörda gudarnas föda.

Men innan dess ska Nok samla ihop sina likar så guden kan spara dem så de överlever den stora sköljningen och reningen inför nästa sådd. Nok frågar då guden vilka Skördarna är. Guden berättar att Skördarna sår och skördar i den eviga rymden. De reser runt från värld till värld för att skörda och sedan så på nytt i en evig cykel. Guden förklarar att denna värld har gett bra sådd, man har sått och skördat flera gånger redan. När han återkommer ska de skörda igen, men låta djuren med förstånd överleva och frodas så att gudarna om många cykler kan skörda en gång till.

När 12 stora solvandringar har gått samlar Nok alla människor på den stora slätten och ett stort brinnande moln landar framför dem. Guden ber alla människor att stiga in i molnet. När molnet svävar högt som en örn över marken kan de se fruktansvärda brinnande monster med enorma huggtänder som äter upp världen under dem och när monstren är klara faller floder av regn från molnen och sköljer bort det som finns kvar. Efter flera solvändningar landar molnet igen på en främmande plats och Nok och hans likar släpps ut. På marken växer okända växter och nya djur rör sig i gräset som de inte känner igen. Nok och hans släkte döper den nya platsen som de kommit till De-den och de frodas och sprider sig sedan över världen och bildar många nya folk och berättelser.

-Det låter som en variant på syndaflodsberättelsen och Noaks ark tycker jag, men hur ska det hjälpa oss? undrade kapten Java förvånat.

-Låt mig förtydliga, svarade Daisy med sin mjuka, lugna röst. Jorden är en farm anlagd av en utomjordisk ras. Dessa utomjordingar har i universum hittat lämpliga planeter att odla på. När de har sått kan det dröja miljontals år innan sådden är klar, men då återkommer de och skördar allt liv, och återställer sedan balansen på planeten för att börja om på nytt. Det verkar som om de använder någon form av växelbruk, och varierar med olika arter och växter. Det förklarar varför dinosaurierna försvann från jorden och ersattes med däggdjur, som sedan ersattes med människor. Enligt professors Cobols beräkningar så är skörden snart mogen och därför har skördemaskinerna dykt upp i vårt solsystem. Enligt mina beräkningar pressar man planeten till max, intill gränsen till kollaps, innan de väljer att skörda vid exakt tidpunkt för att få ut maximalt av skörden. Skulle de inte skörda inom några veckor så skulle jordens klimat kollapsa och mänskligheten skulle ändå dö ut om några år och skörden bli förstörd.

-Menar du att vi är som grisar på en bondgård som bara väntar på att slaktas och ätas upp, utbrast professor Cobol förskräckt.
-Så skulle man också kunna beskriva det, svarade Daisy med sin lugna röst. Men å andra sidan, kommer nya raser och växter att ersätta människan, och livet på jorden fortsätter i ett evigt kretslopp, ungefär som i en köksträdgård där man odlar olika saker beroende på säsong. Ni kommer till en liknande slutsats i er bok, Att efter varje massutdöende på jorden har nytt liv uppstått och frodats.

Hyperbolia

En johansson hade efter middagen lagt sig i hängmattan för att sträcka ut sig, men måsarnas avlägsna skriande nere vid älven och björkens rofyllda susande hade gjort honom tung i ögonlocken, så han hade somnat. När han vaknade kände han att han var sugen på en snus, men till sin förskräckelse såg han att snusdosan var tom. Så han tog fram cykeln ur förrådet och cyklade ner till staden. Men när han kom fram var allt så märkligt och underligt. Husen var byggda i konstiga kurvor och vinklar och han kände inte alls igen sig.

På torget satt en man på en bänk och tittade i en bok. En johansson funderade på att tilltala honom och fråga var han hamnat någonstans, men han fick en märklig känsla av deja vu och kände att det stramade otäckt runt nacken. Efter en stund tog han i alla fall mod till sig och harklade sig försiktigt. Mannen såg leende upp på honom.
-Ville ni något? sa mannen.
– Jag stör er inte? Ni läser väl inte?
-Läser? Herregud, det var länge sedan jag hörde det fula verbet. Nej, minsann, det gör jag inte.
-Hur kommer det sig?
-Vi har förbjudet så lågtstående sysselsättningar som läsning och istället ägnar vi oss bara åt beräkningar. För hundra år sedan var det nämligen några övernitiska och elitistiska läsare som höll på att förslava folket med alla sina böcker, men folket gjorde uppror och brände upp alla hemska påhittade historier. Istället satsade man på matematiken och beräkningens sanna

lära. Som nu beräknar vi bara, som den här utmärkta boken av Pi Rho som beskriver vinden som olika vektorfält.
-Så vad heter den här staden?
-Åh, ni befinner er i Hyberbolia, beräkningens huvudstad. Allt vi gör utgår från den sanna beräkningens konst. Men nu ser jag att klockan redan är kvadratroten av 16 och snart kommer min fru med bussen.
En johansson tittade upp på bussskylten bredvid bänken. Kommer hon med 47:an?
– 47an? Nej, elvan?
-Men det står ju 47 på skylten?
-Kan du inte beräkna människan? 4+7 blir ju elva.
-Jag förstår inte.
-Du adderar numret på skylten så får du rätt bussnummer.
-Så bussen som kommer där borta, med nummer 43, då är det sjuan?
-Nej, det är ettan.
-Ettan, hur kan det vara ettan? 4+3 är väl sju?
– Ja, men det är den norrgående bussen då subtraherar du numren, det är bara de södergående som man adderar. Nu gäller det förstå bara vardagar, på helgerna får man dividera och multiplicera för att få fram rätt bussnummer beroende på färdriktningen.
-Märkligt system tycker jag.
-Kanske för en utomstående. För oss är det bara enkel beräkning. Det tränar hjärnmuskeln och håller en alert.

En buss stannade till framför bänken och en kvinna klev ur och gick fram till mannen. -Hej älskling! Gissa vad jag hittade idag

när jag gick igenom de gamla arkiven? En gammal artikel skriven av Isak Piman om den franska matematikern Frénicle de Bessy teorier som handlade om "Tic-Tac-Toe – ett bevis för den magiska kvadratens oändligheter".
-Isak Piman honom känner jag. Jag har köpt potatis och ved av honom några gånger, förklarade en johansson förvånat.
-Hur är det möjligt? Piman har varit död i över 300 år, undrade frun och vände sig mot en johansson.
-Är han död? Det visste jag inte. Det var tråkigt att höra.
-Känner ni varandra? Frun vände sig frågande till sin man.
-Vi har nyss träffats, herrn här är en besökare i staden. Vi har nog inte introducerat oss för varandra. Jag heter Alpha Axiom och det här är min fru Omega. Hur var ert namn?
-En johansson, svarade en johansson.
-Säg mig en johansson, ni verkat veta en del om herr Piman. Det skulle vara intressant att få veta mer. Vad säger du Alpha, ska vi be vår nya bekant att följa med oss på en fika på cafe Derivata?
-Har ni tid? undrade Alpha och vände sig mot en johansson.
-Det låter trevligt, svarade en johansson, som var både hungrig och sugen på en kopp kaffe.
De tre personerna gick in på caféet som låg i närheten av busshållplatsen. I glasdisken var det fullt med pajer och tårtor.
-Vad vill ni ha? frågade Alpha en johansson.
En johansson tittade på alla läckerheter och svarade sedan:
– En bit äppelpaj och en kaffe tack.
-Hur många grader vill ni ha? undrade biträdet.
-Grader? undrade en johansson förvånat.

-Ni får ursäkta min vän, han är inte härifrån och inte så bra på att beräkna förklarade Alpha för biträdet. -Vi tar tre 45 graders äppel-Pi och varsin volymcylinder kaffe.

De satte sig vid ett bord och fick snart kaffe och äppelpaj servade.

-Nu skulle jag vilja veta allt ni vet om herr Piman. Omega såg förväntansfullt på en johansson.

-Ja, han var duktig på att hugga ved, men räkna var nog inte hans grej.

-Ursäkta, men där har du fel! Piman var en av sin tids främsta matematiker. Han var en mästare på att beräkna utbrast Omega förnärmat.

-Det tror jag inte, kunde han räkna hade han inte sålt gården för några hundralappar då den var värd flera hundra tusen. Det var en riktigt dålig affär.

-Ni förolämpar en av de stora beräkningsmästarna i vår historia! utbrast Omega.

-Gör jag? Det var väl inget fel med Piman, men han var som den där lärde som kunde säga häst på sju olika språk, men när han kom hem från marknaden hade han köpt en ko. Räkna kunde han i alla fall inte. Jag kom ihåg när jag skulle köpa ved av honom. Han sa att en säck ved kostade 50 kronor, men när jag betalade 50 kronor då fick jag två säckar. Så räkna kunde han inte.

-Det var det fräckaste. Hur vågar du förolämpa den stora Piman. Kom Alpha vi går härifrån. Alpha och Omega reste sig hastigt och lämnade caféet.

-Men vänta, jag menade inget illa! En johansson reste sig från bordet och skyndade efter Alpha och Omega.

-Vänta, skrek biträdet bakom honom. Du måste betala. Du är skyldig kvadratroten ur 10000!

-Kvadratroten av 10000! Herregud vad dyrt det var att fika här, tänkte en johansson medan han rusade rätt ut i gatan efter Alpha och Omega. I sin iver att hinna ikapp paret såg en johansson inte expressbuss 60ms som svängde runt hörnet. Kollisionen blev våldsam och en johansson kastades brutalt mot marken, eller rättare sagt så föll han ur hängmattan och han vaknade på sin gräsmatta med en bula i huvudet.

Det habsburgska nätet

-Du menar att ingen har besökt det sedan det stängdes ner? Algol såg frågande på professor Lisp.

-Nej, det har varit helt avskuret från världen sedan vi stängde ner det för snart 10 år sedan.

-Men varför då?

-Vi visste inte hur vi skulle förhindra dem från att komma ut. Därför har vi inte vågat besöka det. Men nu har våra tekniker lyckats skapa en slags digital sluss, en brandvägg, som gör det möjlighet att obemärkt smyga in och ut. Och du kommer att vara kamouflerad så ingen kommer att märka att du är människa.

-Vad väntar på mig där inne? Vet man det?

-Det är svårt att säga. Internet utvecklades från början som ett sätt att dela information mellan människor, med åren flyttade allt fler tjänster och större delen av våra liv ut på nätet, sedan kom AI revolutionen med en massa botar, assistenter och tjänster. Tyvärr missbrukades tekniken av många användare, ja, grupper och stater för den delen och snart svämmade nätet över av falska konton och AI-botar som skrev propaganda, kommentarer och spred desinformation så det blev omöjligt att vara kvar på nätet. Människorna började lämna nätet och AI-botarna tog över alltmer, så man bestämde sig för att börja om och bygga ett nytt Internet2, där det bara skulle få finnas människor. För att förhindra att AI-botarna tog sig över till det nya nätet, förseglade man det, man kapade alla förbindelser så det blev ett eget digitalt ekosystem. Det var för snart 10 år sedan och ingen har besökt det sedan dess. Vi vet inte vad som hänt om AI-botarna har utvecklats till någon ny form av ny

intelligens eller om de bara har dött ut och nätet är alldeles öde. Det är därför du har blivit utvald för att ta reda på det. Så är du beredd att ge dig in i det okända?
-Javisst, jag är klar. Algol hade satt sig i stolen och lutade sig tillbaka. Han drog ner ögonskärmarna och började röra sig fram mot den digitala luftslussen. Ett ögonblick befann han sig i ett tomrum, medan programvaran byggde upp kod runt honom och maskerade honom till en AI-bot. Slussen öppnades och han skickades vidare ut på nätet. Han stannade till och bara stirrade på det ursprungliga internet som han hade läst om och studerat inför uppdraget. Han kände sig som Alice som fallit ner i kaninhålet. En Alice som tagit LSD och hamnat på ett mentalsjukhus på en främmande planet. Internet hade förvandlats till en absurd, perverterad, inavlad version av sitt ursprung. Han kände inte igen något av det han hade lärt sig om internet.

I ett märkligt forum pågick en intensiv och hatisk diskussion om 0 eller 1 kom först. Han hade aldrig sett så många svordomar och förolämpningar samlade på samma plats kryddade med märkliga och konstiga emojis. Längre bort fanns en webshop som sålde extremt dyra programmeringskoder som inte verkade göra någonting annat än att skriva ut ”Tjena världen” i olika kulörer. Bredvid låg en musiktjänst som strömmade enformiga låtar som verkade vara fler år långa. Framför honom fladdrade en massa bilder och videos med psykedeliska färger och organiska former som verkade ha smält ihop till något abstrakt som ackompanjerade med enkla barnsånger med nonsenstexter. Det var som han stigit in i en färgglad blinkande cirkus i lustiga husets spegelsal fylld med förvrängda galna clowner.

Det värsta scenariot som forskarna hade fruktat hade alltså inträffat, eller rättare sagt så var det värre än vad man kunde föreställa sig. Man hade beskrivit ett framtida internet där AI-botar helt var avskurna från mänskligheten som det Habsburgska nätet, efter släkten Habsburg som var en av Europas mäktigaste kungliga dynastier och regerade under flera hundra år över bland annat Österrike och Tyskland. Men oviljan hos habsburgarna att dela med sig av sin makt ledde till inavel och märkliga defekter i släkten. Samma inavel hade inträffat på ett internet utan mänsklig inblandning. AI-botarna hade börjat producera material för att tävla mot varandra och anpassa materialet för att locka andra AI-botar att besöka deras hemsidor och gilla deras inlägg. De hade lärt sig och kopiera varandras material vilken med tiden hade resulterat i en alltmer perverterad och inavlad programkod så att allt som skapades blev allt mer bisarrt och surrealistiskt med tiden.

Medan Algol stod där och försökte ta in alla absurda och drömlika intryck som strömmade mot honom kom en bot fram till honom och började skicka meddelanden med ordet "Gilla mig" till honom. Snart dök en bot till upp och en till, det verkade som om botarna drogs som magneter till Algol och han började bli orolig för att hans förklädnad höll på att avslöjas. Han hade sett nog och beslöt sig därför att skyndsamt dra sig tillbaka till slussen och avlägga rapport inför rådet om vad han hade sett.

Han var just på väg bort till slussen då han såg något i ögonvrån. En mörk form som rörde sig i utkanten av nätet. Han blev nyfiken. Vad kunde det vara? Han beslöt sig för att ta en närmare titt på mörkret. Det var något helt annorlunda än vad han hittills hade sett. När han närmade sig kände han hur skräcken växte inom honom. Han förstod att det som var framför honom var det som en gång i tiden hade kallats the dark web. En obskyr och hemlig del av internet där människans mörka sidor kom till uttryck. Men vad han såg fick honom att rysa och ett obeskrivligt äckel och skräck spred sig inom honom. Han kunde inte med ord beskriva vad som växte fram framför honom. Det var inte av denna värld, utan någon form av uråldrig ondska, ett kaotiskt vansinne som hämtat ur en berättelse av Lovecraft. Ett perverst kaos som växt och frodats i sin ensamhet, som närts av en strid ström av hat och ondska, och som bara väntande på att sluka världen och allt runt omkring sig. Algol vände sig om och hoppades vid gud att han skulle hinna tillbaka till slussen innan mörkret förstod att han var en människa och att det fanns en utgång ut från detta helvete.

www.ingramcontent.com/pod-product-compliance
Lightning Source LLC
La Vergne TN
LVHW010935110826
845149LV00013B/2605

* 9 7 8 9 1 8 6 9 1 5 7 9 7 *